先生素描

丁帆 著

图书在版编目（CIP）数据

先生素描 / 丁帆著. -- 南京：江苏凤凰文艺出版社，2025.7
ISBN 978-7-5594-8474-1

Ⅰ.①先… Ⅱ.①丁… Ⅲ.①散文集－中国－当代 Ⅳ.①I267

中国国家版本馆CIP数据核字(2024)第008721号

先生素描

丁帆 著

责任编辑　胡　泊
责任印制　杨　丹
出版发行　江苏凤凰文艺出版社
　　　　　南京市中央路165号，邮编：210009
网　　址　http://www.jswenyi.com
印　　刷　南京新世纪联盟印务有限公司
开　　本　880毫米×1230毫米　1/32
印　　张　7.75
字　　数　140千字
版　　次　2025年7月第1版
印　　次　2025年7月第1次印刷
书　　号　ISBN 978-7-5594-8474-1
定　　价　52.00元

江苏凤凰文艺版图书凡印刷、装订错误，可向出版社调换，联系电话025-83280257

目 录

第一辑　山高水长

003　　先生素描（一）：扬州师院的先生们

013　　先生素描（二）：中文系"三陈（程）"

027　　先生素描（三）：现代文学的"三驾马车"

043　　先生素描（四）：学界文评"双星"

058　　先生素描（五）：潘旭澜先生素描

071　　先生素描（六）：章培恒先生素描（上）

081　　先生素描（七）：章培恒先生素描（下）

093　　先生素描（八）：告别不了的"何老别"
　　　　　　　　　　——何西来先生素描

101　　先生素描（九）：我的初中老师

112　　先生素描（十）：乡村先生素描

122　　先生素描（十一）：刘绍棠先生侧记

135　　先生素描（十二）：你的灵魂　你的外貌

第二辑　勘破风云

163　宠辱不惊　勘破风云
　　　——记百岁钱谷融先生

169　启蒙是启蒙者的悲剧

174　那双炯炯有神的目光

177　那年我的朝内大街 166 号

186　"但得酒中趣，饮者留其名"的文狐

195　梭罗：把世界留给黑暗和我

第三辑　文学先生

205　毕竟是书生

209　藤井先生

214　为了不能相忘于江湖的笑声

222　向面对世界的自绝者脱帽致敬
　　　——追忆两位性格迥异的先师

229　"世界中"的中国现当代文学史编写观念
　　　——王德威《"世界中"的中国文学》读札

第一辑　山高水长

先生素描（一）
扬州师院的先生们

引子

打我刚上小学起，就已经开始废除"先生"的称谓了，在我们的脑海里，那已然成为旧社会的隐喻。当然，"先生"也有广义和狭义的区分，广义的被革命化的"同志"所取代，而狭义的被"老师"所取代，我这里的取义自然是指后者了。"老师"喊了几十年，到了二十世纪八十年代，"先生"才又作为尊称回到民间。在大学里，一声"先生"，尤其若是对年长的女教师这么称呼，那就会让人平添出许多敬意来。我常想，倘若将一生当中给我授业传道的正式和非正式的"先生"一一进行素描，恐怕也得写成一本书了，于是便萌生了慢慢写来的念头。

一

二十世纪七十年代我在扬州师范学院（如今的扬州大学）读书，那时给我们上课的老师各有各的风格和气象，回想起来，许多先生的音容笑貌都历历在目。

扬州师院的门楼在那个时代还是挺大的，那块门匾用的不是时兴的毛体，而是鲁体，少了几分豪气，却多了几分书卷气。门内的建筑显然是五十年代向苏联老大哥学习模仿出来的风格，中文系的小楼也是中苏合璧式的尖屋顶建筑,楼上的教室竟然还是木地板的,这在那个贫困时代里平添了几分奢华感,我们的小班课就在这个小楼里上。

刚到学校,尚未开课,我们就只能往图书馆跑了。那时,对于图书馆的所有工作人员,我们都恭恭敬敬地喊"老师",因为我们的精神食粮都要从这里领取,一张借书证就是维持生计的"粮本"。

借书处那个柜台里坐着五个人,二男三女。

一位略矮而臃肿的老者,走起路来鞋子拖着地面,摩擦出踢踢踏踏的声响,红红的酒糟鼻上架着一副圆形的玳瑁眼镜,镜片里面的眼睛白多黑少,尚有睨斜,间或一轮,也判断不出他的聚焦点在哪里;脸上写满了严肃,看着他的面目,我马上会想起《巴黎圣母院》里雨果描写的那个敲钟人卡西莫多。他拿书给你时嘴里总是在嘟嘟囔囔地叽咕着什么,那并不连贯的吴语往往使许多苏北学生难以捉摸其语义,渐渐地,大家也就不太拿他当回事了。然而,在与其多次交往和言谈中,我发现他是一个顶认真的人。每借出一本书,他都会十分认真尽责地介绍这本书的作者和内容梗概,甚至做出评价;无疑,这些书籍他都是看过的,我十分讶异他竟是一位饱读诗书、满腹经纶的先生。因此在别人嘲笑他的时候,我却对他产生了崇敬。后来有传闻说他原是一所著名大学的教师,"反右"时被定为"右派",是发配到此间做了资料员的,一双儿女还在著名大学里任教,闻此,不由得更加肃然起敬了。

这么多年来，只要我一跨进任何一座图书馆，眼前都会浮现出那个几乎算是邋遢的老头的形象，久久挥之不去，那是我心中最真最善最美的借书先生，总觉得世人亏欠他太多。我牢牢记住了他的金姓，因为我们背地里喊他"金老头"，却不知道他的真实名字，问了吴周文先生，吴先生说他名为"慎夫"，曾经当过江阴县（今江阴市）的副县长。哦，原来是个县太爷，并非大学教师，心里不免有点小小的失望，但转念一想，他的学养比许多大学教师要高得多呢，毕竟是一个有文化的官员。呜呼！虽然他的父辈给他起了一个好名字，让其金口玉言，谨慎行事，可金先生在1957年的那场"大鸣大放"运动中却没有管好自己的嘴，一俟"慎夫"成为"率夫"，其命运便不堪也。金先生如果活着，现在应该有九十多岁了，不管他在人间还是天堂，我都为他脱帽。

另一个中年眼镜男人就非常可恶了，瘦高的个子，整天穿着一身深蓝色的工作大褂，一脸讨债的账房先生模样，你借一本书就像剜他的心头肉一样，两颗眼珠瞪得如铜铃一般，操着一口通泰方言，喋喋不休地训导着你，直到让你完全失去了借书的快乐为止。他不停地数落着诚惶诚恐的借书人，终于有一天因有书不借而被人揍了一顿，大家看着头缠白纱布的这位先生，不由得心生快意，有大胆的借书人竟当面拍手称快。殊不知，借书人对发放精神食粮者的态度是很有讲究的，你敬我一尺，我敬你一丈，但这种人伦常识有的人一辈子都参悟不透。此人与那近于卡西莫多的老者相比较，内心世界的善恶乃天壤之别，人们对他切齿也就是必然的了。

几个女的同样不太好说话，在那个毫无服务意识的年代里，掌握借书权力的"先生"和借书人发生冲突是难免的，你指望她们温柔一借，恐怕是需日久生怜之后才行。也许是由于我经常泡图书馆，这种垂怜的运气竟慢慢降临到我的头上了，和她们混熟了，有时也就网开一面，一切从宽处理了，不仅数量可以商量，而且还可以偶尔借到几本"禁书"回宿舍看看。最使我感动的是那一位穿着很朴素的较年轻的高姓资料员，她竟然还让我进了特藏书库觅书，这样的优渥待遇让我激动了许多天，也让许多同学羡慕不已。毕业许多年以后，方才知道她是上海一个著名文史家、社会政治批评家的儿媳。

在那些图书被尘封禁锢的岁月里，我几乎把师院图书馆里大多数外国文学译著和中国现当代文学名著都浏览了一遍，这无论如何是得感谢那些古怪而善良的先生们的，即便是那位不友善的先生的侧目相向，如今回想起来，归咎于文化语境，也就尽释前嫌，心中释然了。

上课了，在空无一人的寂静的图书馆里，那才是一个读者进入自由王国的思想通道，虽然我还没有那种能力和学养像马克思那样在大不列颠图书馆里自由地思考，但在那个思想禁锢的时代，幸运的我却充分地享受了别人难以得到的读书和思考的特权。

二

中文系的课程开了十三门，除了我不喜欢的政治之类的课程外，汉语课也是让我头痛的，虽然教授现代汉语的王老师说着一口标准的普通话，上课的逻辑性和生动性兼备，可算得上一流的标准课程的老师了，我却经常逃课，原因很简单，认为不上现代汉语课，我照样可以熟练地运用汉语。倒是他那一对刚刚会说话的双胞胎女儿煞是可爱，经常被女生们抱到班上来玩耍逗乐。现在回想起来，我对这门课的认识还是浅薄无知了，以致错过了对汉语言精准理解和娴熟运用的学习机会。

最有趣的是古代文学课程，给我们上课的是李廷先先生，那时我们并不知道他是哪个学校毕业的，也不知晓其古文造诣之深浅，仅仅是钟情于他在课堂上执着沉浸在自我世界里的种种令人捧腹的行状。上课时，他总是操着一口浓重的河南腔调的普通话，这就使得其讲述的内容平添了几分滑稽谐趣的韵味，然而，他本人却是十分严肃和认真的，那一丝不苟的表情让你又不敢笑出声来。

更让人忍俊不禁的是，他上身有时穿着对襟的中式棉袄，有时却是很严肃的中山装，可下身却穿着早已被历史淘汰的那种折腰的中式的大棉裤，更有特色的是，那个大裤腰带的穗子雄赳赳地挂在裆前，流苏般优雅亮眼。他每每穿行在课桌行间，一俟我们窥见那大大方方摇晃着的流苏，便全然忘却了他讲授的内容，窃笑不已。想到这位先生古风遗老的风范，不禁感慨其不愧为古典文学教授的楷模。其实，他的眼光真是炯炯有神的：一副眼镜挂在鼻梁上，站在讲台上一面瞄着书本，一面从眼镜上端扫射着课堂里的动静。一般来说，他并不计较你上课时的小动作，只是偶尔从眼镜缝隙中把眼光聚焦在某一个交头接耳打乱课堂秩序者的身上，眼如铜铃，目光炯炯，停留片刻，便突然一声断喝，指责喧者曰："你、你、你站起来！回答我的问题。"如果你能回答出来，他也会夸赞一句，让你坐下。倘若回答不上来，他至多也就是让你站一会儿，这便是最大的惩罚了。不过大多数时间，他都是弓着背穿梭在讲台前与课桌间，眼光翻到天花板上，大声念着精彩的段落，念到兴奋之时，俄而露出那口并不齐整的牙齿，举起满是粉笔灰的手，高声说道："好啊！真是精彩啊！"

直到今天，我们还记得他在讲授《曹刿论战》《官渡之战》《刺客列传》《过秦论》时的神态表情。"夫战，勇气也。一鼓作气，再而衰，三而竭。彼竭我盈，故克之，夫大国，难测也，惧有伏焉。吾视其辙乱，望其旗靡，故逐之。"此时必有口头禅出："了不起啊！了不起。"他两眼向上一翻，停顿在天花板上，似乎进入了那个古战场，陶醉于自我的审美情境之中，不能自已。夹杂着河南口音的普通话从他那带着唾沫星的口中吐出，竟也带有抑扬顿挫、轻重缓急的节奏感，颇增添了几分生动与谐趣，于是我们也被深深感染了。

先生从不讲他的身世，多少年后，我们才知道他1945年毕业于西南联大历史系，是吴宓的高足，有吴宓日记为证："1942年9月23日，星期三。晴。……乃与历史系学生李廷先，散步翠湖，月下久谈。李廷先喜旧诗，尊文言，恶'研究'。尤赞佩姑丈《审安斋诗》，推为近代第一。询'乾坤杯酒珠盘会，风雪梅花绣纛飞'之指意，宓为讲说，大叹服。"《审安斋诗》为吴宓先生的姑丈陈涛（伯澜）所作。但是，我们可以从中管窥到先生的家学之深。能够与吴宓大师交往的人不多,能够如此耐心聆听一个学生讲述旧诗,可见其对李廷先的器重,可以想象到年轻时翠湖月下的李先生在吴宓先生面前眉飞色舞说诗的情景,否则何以叩动了大师的心扉,去为之解诗,何以让这个学生"大叹服"呢?没想到,李廷先先生竟有如此的浪漫主义情结,他骨子里还是一个有趣的人。

李廷先先生喜诗,喜上课,但少著述,然一本《唐代扬州史考》就足以窥见其史学的功底和文学的功力。先生是2003年仙逝的,距今已有十四年,但其音容笑貌却时时萦绕在我眼前。

中国现代文学课程最初是由章石承先生担任的,我是他的课代表,所以和他的接触也就比别人多一些。他是一个十分谦恭和蔼的好好先生,面为女相,一副金丝眼镜端端正正地戴在他那白里透红的面庞上,让人觉得更加慈祥可亲,加之他那有求必应的谦谦君子性格,有时竟对那些并不相干的人和事也唯唯诺诺、汗不敢出,真让人忍不住生出怜意来。有人说他的这种懦弱都是"反右"时得下的后遗症,但是谁也没有问过他的往事,生怕他由此生悲,不能自拔。我们只询问过他就读日本帝国大学的情况,他便涨红了脸,期期艾艾地说不出个所以然来,故我们便知趣地不再多问他的履历了。我们后来才知道,石承先生原来也是治古典诗词的学者和创作者,其号为澄心词客,其室为藕香馆,亦曾师从龙榆生和卢冀野习诗词,可见其对古诗词用力之甚、钟情之深,从中可见出其浪漫主义情愫之一斑。不知何故,一个古典文学的学者转教中国现代文学,其内心的滋味,他人是不得而知的。

教学反响平平，究其缘由，人们普遍认为是他上课逻辑条理有所欠缺，加之声音细小的缘故，窃以为，其根源恐怕是历次的政治运动和斗争，让一个老实的学者噤若寒蝉、话不敢出了。

我与章先生情谊匪浅，他曾两次约我去他家的书房里看他的藏书，那时我尚不知道其中有许多是珍本藏书，只知道每次给我开出的长长书目，皆是图书馆难觅的书籍，他一再嘱咐让同学们阅读，可我将其抄在黑板上，班上却少有人遵循这个书目去借书，至今回想起来，真是少年不知书滋味，甚是遗憾。章先生藏书颇丰，在扬州是有名的，其书籍后来的归处就不得而知了。先生晚景凄凉，据说患阿尔茨海默病走失后，嘴里还喃喃自语："要提防坏人！"可见压在他心底的郁闷之深。先生是1910年生人，出生后就有了辛亥革命，他在新文化运动中成长起来，却没有享受到新文学给他带来的自由和福祉，毕生都是在郁郁寡欢的自我封闭里挨过春秋。先生卒于1990年，八十而终，也算是高寿了，可惜并不是寿终正寝。愿先生在另一个世界里可以大声说话，不再期期艾艾了。

一个学期上下来，中国现代文学课程的老师换成了孙露茜、李关元夫妇。这一对上海人，课上课下都是谈笑风生，让课堂里平添了许多生动的活力。

当年我钟爱中国现代文学，听说曾华鹏先生的课上得十分生动，于是就萌生了"偷课"的念头。那时曾先生是给上一届的同学上现代文学课，我便悄悄地坐在最后一排"偷听"起来。记得第一次"偷听"的是他讲授最最普通的《从百草园到三味书屋》

一文，这篇初中就读过的文章，在他的讲析中让人充分体会到了艺术的美感，他从视觉、听觉和味觉的几个层面充分发掘了课文的艺术内涵，打开了我们的视野，让我们体味到了评论家的艺术魅力所在。曾华鹏先生与范伯群先生是1956年就在《人民文学》上连载过长篇论文《郁达夫论》的学者。二十世纪七十年代，他与李关元先生正在研究鲁迅的散文，其二人合作的《论〈野草〉的象征手法》八十年代初引发了学界普遍的好评，反响甚大。我想，课堂上那声情并茂的演讲正是他散文研究成果的艺术体现吧。先生是福建人，谁都知道在中国现代文学研究领域里，著名的福建学者有很多，但是来往密切的三个泉州人是曾华鹏、潘旭澜和叶子铭先生。叶子铭先生是2005年离开我们的，享年七十岁；潘旭澜先生是2006年离开我们的，享年七十六岁；曾华鹏先生是2013年离开我们的，享年八十一岁，算是最长寿者了。他们的友谊见证了一个时代学人的惺惺相惜；他们的著述也见证了一个时代学术与风云变幻的政治割不断、理还乱的关系；他们的遭际更是见证了一个时代学人的命运挣扎。

在扬州时，我常常与同事王功亮去曾先生家里造访，他那时住的是几间平房，聊天时自己也因为眼疾只喝决明子茶，除了请教他学问外，闲话中，谈及最多的就是潘旭澜先生又给他打了一个多小时的电话内容，论及的无非就是文坛政坛之事，两个人分析交流心得，这两个先后的复旦同学间开怀畅述当是多么惬意的事情啊！他称潘先生时虽是直呼其名，却带着一种无名的亲近感。

四十年来，我与曾先生交往虽然较为频繁，但是，看到他动感情的时候并不多，那一年，当他看到叶子铭先生躺在南大医院病床上不能言语却流下了两行清泪时，不禁热泪长流……我和张王飞在其临终前看望他时，他眼里也噙着泪花，我立刻就想起了前面的那一幕情景，于是也就不能自已，只能别过脸去任泪水长流。

曾先生走了，我的耳畔响起了他在《从百草园到三味书屋》里夹杂着德语朗读课文的声音："我将不能常到百草园了。Ade，我的蟋蟀们！Ade，我的覆盆子们和木莲们！"如今，我也只能在心里默默地祷告：Ade，我的先生们。

我庆幸自己在扬州这个古城中遇到了一些好老师，在那个艰苦的岁月里，有他们做精神引领的导师是不幸中的万幸。扬州师院是一个藏龙卧虎之地，从这里走出了一代又一代的人文学者，让学界刮目相看，归根结底，若没有先生们的教诲和言传身教，我们都只是一条虫。

原载《雨花》2018 年第 1 期

先生素描（二）

中文系"三陈（程）"

每一个院系都有自己的风格，而这种风格的形成则是由许多有着不同个性特征的教师经年聚合累积而成的，也正是这些不同的个性的绽放，才使这个院系有了鲜活的生气，才让校园的生活丰富生动起来，才使师生们在冷板凳上活得有情有趣，让枯坐有了斑斓的色彩。南京大学中文系百年历史中潜藏着许许多多有趣的故事，也有许多人从不同角度写过回忆录，甚至有作家专门写过长篇小说，足见她是一个有故事的地方。近读老系主任胡若定教授撰写的有关他在南京大学中文系六十多年工作生活的回忆录，很是感慨，便也想就我个人在南京大学中文系近四十年来所观察到的人和事，作一素描，以飨读者。

所谓"三陈（程）"，就是指陈瘦竹、程千帆和陈白尘三位先生，被大家俗称为"陈瘦老""程千老"和"陈白老"。三位先生不仅是学问大家，同时也是文学创作的大家。陈瘦老是以小说创作和戏剧理论研究名世的"两栖"学者；程千老是在中国古典文学研究领域和古诗词的创作中独占鳌头的当代大家；陈白老则是在戏剧创作和散文创作上贯穿中国现代文学史和中国当代文学史的大作家。

陈瘦竹先生是老南大人，他生于1909年，是江苏无锡人，二十世纪二十年代就开始了小说创作，1929年考入武汉大学外文系，亦有翻译作品问世，1933年毕业后任南京国立编译馆编译。这时他一边翻译，一边创作，一边钻研外国文学理论。1940年执教于国立戏剧专科学校，抗战胜利后兼任中央大学中文系教授，1949年以后他担任过江苏省文联副主席和戏剧家协会副主席。我经常听到岳父谈起他和陈瘦老二十世纪五六十年代在一起商讨戏剧创作的事情，对先生的学识和戏剧理论的学养佩服之至。陈瘦老是1949年以后较早担任南大中文系主任的学者之一，与其他系主任不同的是，他是既搞创作又搞戏剧理论的学者，故上课既有理论深度，又生动有趣，很受学生欢迎。据他的老学生邹恬先生回忆："他上课从不看讲稿，口若悬河，滔滔不绝，两堂课下来中间不停顿，而且思路清晰，逻辑严密，语言简洁准确，录下来就是一篇好文章。下课铃一响，要讲的课恰好讲完。他的讲课艺术使学生啧啧称奇，大家私下议论，认为除了学识才华过人外，一定是视力差，所以记忆力特别好，这个解释在病理学上也能找到依据。一直到我留校当助教后才改变了看法……陈瘦老说他自己'上课前是要打好腹稿的，有时还面壁从头到尾默诵一遍'。"（《陈瘦竹纪念集》）如此说来，我们就更加敬佩陈瘦老那种对教师职业的敬业精神了。

我认识陈瘦老较晚，那已经是二十世纪七十年代末了，那时我在南大中文系现代文学教研室做进修教师，未与先生谋面时，从其名字上来判断，预想中那应该是一个长相十分风流倜傥、潇洒浪漫的老师，可是一见面，便发现与预想的面目相去甚远：个子不高，头颅却显得很大，俨然就是一个大思想家的形塑，这种身材和脸型的学者形象在我几年后见到钱理群先生时，又一次在大脑皮层下产生了强烈印象。那时会在教研室会议上遇见陈瘦老，先生那时的目力已经很不济了，据说视力只有0.03，但是谈锋却甚健，凭着声音就能够认出熟人，让我更加惊叹不已的是，他的记忆力之好让人感到惊悚。记得那一年的"5·20"学术报告会，他在没有片纸的讲演中，口若悬河、滔滔不绝地讲了两个小时，其中背诵了大量的作品台词，援引了大量的理论文章和警句，那浑厚的嗓音吐出的几近表演水平的台词，博得了满堂喝彩。殊不知，陈先生在背后面壁诵读过多少回呢，而台词的轻重缓急、抑扬顿挫也不知练了多少次呢，要知道陈先生年轻时是演过话剧的哦。有好事者事后核对原文，发现竟然一字不落、一字不差，于是，人人只有咋舌的份了。除了创作小说，陈先生还攻现代戏剧，他对现代话剧的艺术分析，至今仍有独到的学术见地。

陈瘦老其实并不瘦，他的胖也许是和他善饮能吃有关吧。据说他的酒量很大，但是我未目睹过，倒是见过他豪吃的镜头。那是上世纪八十年代末的某一天，适逢江苏省现代文学研究学会成立，在筹备会的工作餐上，我领教了一代知识分子的生活境况。那时会议餐十分简陋，就在南大招待所旁边的教工食堂大厅里拼了桌子，十几个人围着桌子吃将起来，菜肴无非就是食堂打来的大锅菜，皆是拿粗盆大碗盛装。记得最清楚的细节就是，某青年教师看到端上来的一盆红烧肉，就说：陈先生最爱吃这个菜，便连搛了好几块在他碗里，孰料有一块大肥肉滑掉在饭桌上了，大家都说算了，陈先生则不以为然，直接就用手摸摸索索地去寻觅那块肥肉，捕捉到后，便一口塞进嘴里……这个镜头便永远定格在我的脑海里，终生不能忘却。在那个已非定量供应猪肉的岁月里，一个大学者同样难以实现红烧肉自由，真的令人心酸。

其实，像陈瘦老这样的知识分子是经历过大风大浪的，尤其是在上世纪六十年代，在困顿的岁月里，蹲"牛棚"，吃烂菜叶的"忆苦饭"，受拷打，成为他那时的家常便饭。"一开始我就被点名批判，接着就被隔离审查，从此我真感到天地何其狭小，人世何其孤寂！我困顿于斗室之中，后来几乎不能相信外边还有广阔世界。……看到彼此都还活着（按指与夫人沈蔚德），这已是最大的幸福。"[1] 即使是在改革开放以后的十几年中，他也并没有享受到所谓的幸福生活，我想，像这样一位大学者、大作家，倘使能够在晚年充分满足其口舌之福，也算是对得起他们的一生了，可惜他连这样的幸福生活都没有充分享受过。

陈瘦老那一辈的学者对自己的学生都是呵护有加的，在他自己身陷囹圄的时候，还为学生遮风挡雨。想起蔡元培、胡适、鲁迅等"五四"先驱者们对学生的保护，今天的我们似乎只有兴叹的份儿。

也正是在见到他吃肉的那个场景一年后的 1990 年 6 月 2 日，陈瘦老去世了，走的那一天我正好在系办公室，他的几个弟子来商量操办后事的事情，我并不知道陈瘦老走时的情形，直到看到

---

[1] 陈瘦竹：《戏剧理论文集》，中国戏剧出版社，1988年。

了邹恬先生的回忆录时,才知道其中的原委。"第二天我赶去时病房已空,医生说他死得突然,很少痛苦,神情也安详。但陪夜的靳和,他的侄儿告诉我,那夜他睡得很不安宁,一直在做梦,先是梦见特务逼他交出进步学生的名单,被他严词拒绝了;又梦见有人在骂他,这大约是'文革'的事;最后是在课堂上讲莎士比亚,学生不爱听,他很生气,又着急……这些梦好像是他一生的象征,又似乎流露出对下一代的忧虑和期待。"这是二十七年前邹恬先生的总结,如今这个"走向永恒"的邹恬先生也已去世二十二年了。邹恬先生对陈瘦老梦的解析有着十分的禅意:二十世纪四十年代末,在"四一"惨案中,他在国民党的枪口下营救学生;五六十年代遭受了肉体和精神的折磨,但是无论如何,他永远是不忘初心的,这个初心就是对待自己的学生的热忱,对教学科研工作的热爱。然而,他最后的梦却折射出了一个知识分子的悲剧命运。

程千帆

我见到程千帆先生的时候,他已经是童颜鹤发、慈眉善目的六十五岁的老者了,那应该是1978年8月中下旬,据《闲堂书简》程千老1978年8月6日致刘君慧书札中云:"弟本拟上月底东下,以天气酷热遂延期。现决在八月半后启行。今后赐书,恳寄'南京汉口路南京大学中文系'。"在燠热的南园里,我看到两辆大卡车进校,只见系党总书记正在忙前忙后,一问,原来是程千帆先生从武汉大学调过来了,系里是将其作为一件头等大事来办的,因为匡亚明校长有令，必须办好！当时只身挤进了南园的一间集体宿舍里，先生却毫无怨言，随即投入了工作。

程千帆先生原本就是金陵大学的毕业生，六十五岁的他又回到南京大学，这大概可以算是落叶归根了吧。据他的第一个大弟子，也是新中国第一个古代文学博士莫砺锋先生回忆，他临终最后的遗言竟然是拉住莫砺锋的手说：我对不起我的老师黄侃先生。可见其老金大的情结之深。其实不然，他的学问人品泽被了南京大学古典文学的几代学者，这是学界有目共睹的不争事实。

二十世纪七十年代末能够将一个老"右派"从武汉大学珞珈山"牛棚"里直接请到南京大学中文系执掌古代文学专业的人，唯有匡亚明这样敢冒天下之大不韪的校长了。匡校长派了当时还年轻的副系主任叶子铭先生直接去武汉面见程先生，无有多日，程先生便买舟东下了，而且还带来了专攻英美文学的张月超先生。最有趣味的是，人来了，工资关系没有，那时程先生在武汉的街道只领取少得可怜的生活费，到了南大如何开工资呢？据说匡校长对财务处长说：我不管你从哪里出这笔钱，哪怕就是全校卖废报纸的钱，你每个月也得先给程千帆凑足一百块的生活费。就这样，程先生一俟安顿下来，就全身心地投入了工作，记得1979年的"5·20"学术报告会，他不仅自己开了专题报告，还请来了叶嘉莹先生为大家做学术报告，二人的学术唱和风采卓越，博得学界的一片喝彩。1979年10月12日及1980年3月7日程千老致叶嘉莹两札中云："数月前得面聆清诲，旋又得读所撰论花间词文，深叹持论精卓，并世所希，良用钦佩。""你去岁回国讲学，颇有影响。耆宿如俞平伯先生,最近在一篇短文中还引用了尊说(《文学评论》五期),想已见到"便是佐证。自此,南京大学古典文学专业在程千老的引领下,学术氛围日渐兴隆起来了。那个年代,坊间一直有这样的说法,认为南京大学的古代文学专业不及南京师范学院强,而随着程千老的调来,南京大学的古典文学专业便开始扬眉吐气,逐渐开始站在全国的潮头上了。2007年武汉大学中文系八十周年系庆,我专程前往道喜和道谢:武大中文系的系庆,其他兄弟院校可以不来,我们南京大学中文系却一定要来的,不仅因为我们是同根同源的章黄学派的传人,也是由于闻一多先生1928年从执教的中央大学前往武汉大学创办了武汉大学中文系,更是因为你们在1978年8月为我们无私地输送了程千帆这样的大师级学者,使南京大学中文系古典文学得以兴隆!那日中午的酒宴我只吃了半程就要返宁,但是武汉大学的一些老教授们纷纷来敬酒,感慨之余,让我思考良久,一个学科的兴盛,不仅需要带头人的学术功力,同时也需要他的人格魅力去影响周围的学人,这样才能让其学术氛围得以充分优化。在这一点上学界一致认为程千帆先生在培养学生方面是卓有成效的,据说北京大学的王瑶先生就十分关注程先生培养学生的方法,让人特意留心。的确,程先生不愧为一代大师,他培养的学生如今都是各个高校古典文学专业的顶梁柱。

然而,一个人,尤其是已经步入老年的学者,为何会有如此喷发的学术工作的动力呢?也许答案就在《致南京大学校系领导》中了,"我是在1978年秋以一个六十五岁的街道居民的身份到母校南京大学来工作的。我首先要感谢你们给了我一个为社会主义祖国、为人民服务的机会，没有南京大学的聘请，我也许就老死空山。其次，我还要感谢你们对我的尊重、信任、支持和宽容，否则，由于我本身的各种缺点和弱点，也很难做出即使是现在这样微末的成绩。每次一想起这一些，我的心情总是非常激动。十一年前我才到南京大学的时候，就暗自立下了两条誓愿：一是要争分夺秒，把在政治错案中损失的十八年时间抢夺回来。这一点现在看来并没有完全做到；二是在教学科研中要认认真真地走路，在培养青年教师和学生中要勤勤恳恳地带路，在应当退休的时候要高高兴兴地让路，现在是让路的时候了，我要向你们说：我的确是高高兴兴的。"读了上述文字，真让人亦悲亦怜亦痛亦敬。悲的是这样一个忠心耿耿的学者，居然连工作的权利都曾被剥夺；怜的是他在艰难困苦之中，想到的仍然是报效国家和人民；痛的是他为学术和培养人才付出了毕生的精力，得到的回报却微不足道；敬的是他高风亮节的"让路"精神。在此，我们是否应该对一个从旧时代走过来的知识分子致以最崇高的敬礼呢?!

程千帆先生不仅是古典文学的治学大家，同时也是当代文人书法的佼佼者，所谓文人书法，不仅仅在于结字的布局和线条的流畅之美，更重要的是，其书法内容中的诗文皆是自己的原创之作，工诗文，善创作，才是文人书法之精髓，而程先生的书法作品是最具这种文人元素的。文人书法还有一个十分鲜明的特质，那就是从不收取润格，字是送给朋友，尤其是文友的，那是一种文人情感的交流，用其易银，便玷污了文人的风骨。当然，这是传统文人的风范。在商品文化时代里，我们不能诟病文人卖书画，只要是正当劳动所得，也没有什么值得侧目的。然而，我们对这种传统文人的做派也更保有一份发自内心的尊敬。二十世纪九十年代程先生主动赐予我两幅字，这让我诚惶诚恐，便愈加敬佩其文人之品格，将其作为珍品收藏。其实，中文系得到他赐予墨宝者甚多，大家心存感激之情，却无人表达而已，窃以为，这才是真正高古的文人无功利的交往，当然，这多为单方之给予。他晚年写字勤勉，据他女儿程丽则说，写字送人，求索者不拒，弟子们固然个个都有，喜欢者可索多幅。

据程丽则告诉我，先生不常饮，至多也就是逢年过节喝点葡萄酒而已。其实并非如此，据《闲堂书简》1990年4月5日致蒋寅书札中云："我旧嗜烟嗜酒嗜茶，以心脏病戒酒，肺气肿戒烟，犹存茶癖。"我说嘛，像程先生这样风骨铮铮敢于直言者，岂能不饮？可惜我们南京大学中文系谁也没有见过先生豪饮。

先生乃一介书生，待人谦和儒雅，骨子里却有着与一般学者那种苟且偷生的懦弱所不同的刚正，看他的《闲堂书简》，便可见其风骨所在，且不说其痛陈学界之种种流弊，即便是对当代顶级学术大师的苟且同样表达不屑，在他给舒芜的信中，明确对钱锺书那种"又绝口不及时事，似在云端里活"的学人行状进行否定性判断。程千老绝不是那种躲进书斋成一统的"鸵鸟型"学者，他是有"铁肩"担当的人，是"东林党"那样的书生，是有"金刚怒目"一面的"真的猛士"，正如其开门博士弟子莫砺锋所言："程先生在日常生活中显得恂恂如也，相当的平易近人，可是其内心却是刚强不可犯的。"也许，这正是先生屡屡在运动中被批的根源所在，然而，先生的性格则是终身如一，刚直不阿，风骨长存。

他在书简中常与自己的弟子称兄道弟，亦可见性情之一斑。在与自己女儿程丽则的通信中，也可见其怜女之情殷殷。

最让我动容的是，武汉大学陆耀东先生为程氏夫妇编纂书稿时，竟也搜集到了程先生早年撰写的书评，先生回复道：P"耀东老弟：十二月一日札及复印书评收到。将书评看了一遍，恍如隔世，如果当时在上海而不在南京，我也许就搞现代文学了。这篇文字还是赵景深先生要我写的，他正主编《青年界》。"先生没有从事现代文学也许是我们现代文学的不幸，然而，于他个人而言，或许亦少遭致许多罪名罢，像他这样耿直的人……

先生卒于2000年的6月3日，享年八十又七，也算是死亦逢时也。

陈白尘

我见到陈白尘先生也是在1978年他刚来南大中文系不久，他邀请其上海的老朋友赵铭彝来南大中文系做讲座，记得就是在系里小白楼（赛珍珠故居）的会议室，教师们沿会议桌围坐成里外两圈，其实就是一个座谈形式的会议。会议有些喧宾夺主，客人赵先生说得少，主人陈白尘说得多，用滔滔不绝来形容也不过分，他的儒雅气质和犀利谈吐给我留下了深刻的印象。因为带着苏北家乡淮阴（今淮安市淮阴区）的口音，和我插队地方的乡音相近，但是与周恩来总理那种已经掺杂了普通话的淮调还是有所区别的，所以我听起来既有乡土气息,又有一种特别的亲近感。至于他出任中文系主任一职,倒是有不同说法,但是他对系主任一职的精辟概括却是流传甚广:系主任这个生产队长的活不是人干的!我一听到这样的话,首先想到的是他那浓重的乡音,仿佛又回到当年生产队长给我们派活时。的确,全系一百来人从吃喝拉撒到生老病死都得管,清官不问家务事,系主任却样样都得管,那时最头痛的事情就是评职称,僧多粥少,一个学者一生的寄托都维系在这命悬一线的年度职称评审上,矛盾的焦点当然就集中在这个当家人的身上了,几番车轮式的谈话,文的武的,软的硬的,十八般技艺全用上了,也难以平衡其中的矛盾。作为一个作家、艺术家出身的领导者,哪见过这样的阵势,于是,苦恼焦虑让他痛恨这个领导职位。总之,陈白尘先生是一个有故事的人,他的性格也是属于那种浪漫主义豪放派的,既与"海派文学"不搭,也与"京派文学"相去甚远,他是淮阴历史上的韩信、关天培、吴承恩,还是刘鹗呢?

小时候看过一部骑马打仗的影片《宋景诗》,印象颇深,后来读文学史,才知道这是陈白老的作品,他在1949年以前的作品有著名的喜剧《乱世男女》《结婚进行曲》《岁寒图》《升官图》等。而他在新时期创作了《大风歌》以后,就来到南京大学当教授了。1978年他第一次招收硕士研究生,在考生交上来初审作品时,我便有缘与先生结识了,当然,这一切都是陈先生的合作导师董健先生的安排。

那时,我作为现代文学教研室的进修教师,整天待在中文系西南大楼的教研室里，每天三点一线：教研室（我在教研室角落里搭了一张床，就睡在那里）、图书馆、食堂。我的指导教师是两个，一个是中文系副主任叶子铭先生，一个是教研室主任董健先生。那时董先生除了出差，每天都在教研室里办公长达十几个小时，他的许多文章都是那个时期写出来的。当系里决定由他配合陈白尘招收研究生时，大量的初审工作也就让我一起参与了，这或许也是他培养我能力的一种方式吧。记得当年报考的学生交来的作品巨多，因为当时没有规定限量报送创作材料，有的人不管是已经发表的还是没有发表过的作品，都一股脑儿地交过来了，中间还夹杂着许多刻板油印的材料。那时的人工作都很认真，似乎每一篇东西都不能放过，每一个字都不能漏读，所以，阅读考生递交的创作材料成为一桩十分繁重的劳动。董老师和我没日没夜地看材料，还得每一部作品都写一篇阅读札记。至今还记得考生里有姚远、郭顺、石磊等十几人，他们都很出色。

　　有一天，董老师从陈白尘先生家里回到办公室，拿了一个叫作《有这样一个小院》的剧本，他让我也读一遍，我是一口气、含泪读完剧本的，读后与董老师进行了热烈的讨论，那时全国每一个有条件的单位都自演话剧《于无声处》的热潮尚未完全退去，说实话，人们对旧体制的愤懑多是通过"伤痕文学"进行宣泄的，而呼吁改革的声浪就是通过文学作品来进行表达的。《有这样一个小院》也是一部呼吁思想解放的力作，与《于无声处》相比较，更有生活气息，更有老舍笔下北京普通市民生活的京味儿。董老师和我说，陈白尘先生也是流着眼泪看完《有这样一个小院》的，陈白尘先生准备立马联系黑龙江大学中文系，因为李龙云当时已经是黑大中文系二年级的学生了，无奈之下，陈白尘先生就进京"开后门"，找到了他的老朋友，时任教育部部长的蒋南翔，最后才让李龙云顺利进校读研，后来李龙云果然成就斐然，还做了北京人艺的院长。若不是陈白老慧眼识珠，也许李龙云就不会在日后的创作中取得那么大的成绩；他没有在那场"清污"的运动中被那顶"缺德作品"的帽子压垮，也是得了陈白老风骨的真传。在南京大学中文系这个艺术学科的羽翼之下，陈白老不仅教会了他认真读书和创作，更教会了他怎么去做一个堂堂正正的人。如今，这一对老师和学生都已驾鹤远去，我们只能望着千载白云，空嗟时代的变迁了。

陈白老在1980年代初创作的散文影响甚大，长篇叙事散文《云梦断忆》为人熟知，它开创了抒写湖北咸宁"五七干校"生活的先河，其对社会人生世相的描写入骨三分，留给后人，也留给历史一份值得深思的人性档案。云梦是一个多么浪漫的地名啊，但是，它留给作者的是无尽的悲悯长啸。《列子·汤问》云："抚节悲歌，声振林木，响遏行云。"陈白老一生着力于喜剧创作，却在散文创作中给自己的生活留下了悲剧的表达空间，真所谓"悲歌可以当泣，远望可以当归"。我们似乎可以听见陈白老正在唱着那"铁板铜琶大江东去"的豪歌向我们走来。

到了1990年代，《牛棚日记》更是引起了巨大反响，这是一部1966年9月10日至1972年2月29日的作者私人日记，用作者的话来说，它"几乎可以视作为一部中国作家协会的'简史'，是不可多得的史料"。现在我们只能望其兴叹了,历史往往就是如此吊诡。他在《云梦断忆》的《忆眸子》的结尾中说:"当年的儿童们,已是今日的青年,他们将是我们国家未来的主人翁!我多么希望从那小姑娘和胖男娃一辈的青年们明澈如水的眸子中透视到新中国的未来哟!"在此,一个作家浪漫主义和理想主义的眼睛分明是在寻觅人性向善向真向美的一面,二十多年过去了,我们找回来了吗?

据陈白老的弟子说,先生是喜欢喝酒的,但是酒瘾不大,不过,从他主政《人民文学》期间所发的许许多多被称为"毒草"的作品中,就有一类是"宣扬堕落的生活方式"的作品,"大写吃喝玩乐、饮酒赋诗"的作品当然应该归于"资产阶级没落情感的散文"。对文人善饮之疾的钟情,可见出先生浪漫情感之一斑。

陈白老是1994年5月28日逝世的,与前两位去世的时间6月初相近,三位先生虽不是同一年走的,但是离世的月份日期却相差不到十天,难道他们都在冥冥之中相约春末夏初归隐吗?

今天,我们能够从前辈的身后望见他们的脊梁吗?!

原载《雨花》2018年第2期

先生素描（三）

现代文学的"三驾马车"

南京大学中文系的中国现代文学专业与其他兄弟院校同专业团队的设置格局有所不同，甚至与本系其他二级学科的建制格局也不尽相同，关键就是二十世纪八十年代在填写学科带头人栏目的时候，居然打破了学科带头人只写一个人的惯例，填写了三个学科带头人：叶子铭、许志英、邹恬。在此后的十几二十年里，他们三个人可谓相互搀扶、步调一致地走完各自的人生。

叶子铭先生，吸烟（烟龄自1958年"大跃进"开始，晚年因病戒烟，苦闷时亦偶尔吸之），不喝酒，虽是福建人，饮茶也不多。大眼，有神，英俊潇洒，做事总是三思而后行，平时一脸严肃，不苟言笑，让人敬畏有余，亲近不足，偶有一丝笑容，也是带着疑惑或难以捉摸的微笑，难得开怀一笑，尤其是晚年，更是带着满面的忧郁和沉思的神情。其实，这些都是表面现象，真实的他是一个感情十分丰富细腻、思想十分深邃的人。

先生是福建泉州人，少时家道中落，十二岁便考取了著名的泉州五中，因交不起学费而无法入学，转入商校学习，直到1949年10月才又转入晋江中学，1953年报考南京大学中文系，当他从《人民日报》公布的高考录取名单中看到自己的名字的时候，很是兴奋，"是年10月，我告别了正病卧在床的慈母与亲友，还有那晋水绕门过,周围长满龙眼树、刺桐树和剑麻、野花的市郊祖宅,与同被南京、上海高校录取的同学,乘坐带篷的大卡车,日行夜宿,千里迢迢地奔赴扬子江畔的历史文化古都南京。……四年的大学生活,我的兴趣几度转移,先是迷恋诗歌、小说创作,后又转向中国古代文学研究。最后,在选择大学毕业论文选题时,在诸多前辈的支持、指点与帮助下,我终于叩起中国现代文学研究的大门。"叶子铭先生出道甚早,他是新中国培养的知识分子中第一个在本科毕业时就交出了一本论著的大学生;1959年8月上海文艺出版社出版了叶子铭的专著《论茅盾四十年的文学道路》,一时轰动学界,他成为当时最年轻的学术明星,以至于在六十年代被定为反动学术权威,所以,坊间至今还流传着他是叶以群侄儿的传说。为此,叶子铭先生专门做过解释,"说我是'以群的侄子',有'家学渊源'等。说怪不怪。从世俗的眼光看,早已驰名文坛的以群同志,为什么会把目光注视到我这个名不见经传的普通大学毕业生身上,热心指导我修改扩充那本习作并亲自为它作序?其中必有某种特殊关系。再说,对于五十年代的青年而言,要想出本书,在学术上脱颖而出,谈何容易。恰好以群同志也姓叶,于是同宗之说,似乎就成为合理的推断,这种误传也就不胫而走了。记得1962年10月间,我随以群同志赴京出席高校文科教材《文学的基本原理》初稿研讨会后,唐弢同志邀请我们参加由他主编的《中国现代文学史》教材讨论会。会前,唐弢同志忽然指着我,向以群发问:'有人说叶子铭同志是你的侄子,这可属实?今天你们都在场,我想当面问个清楚。'以群笑而不答,指着我说：'这事你问他。'我被这突如其来的喜剧性'对质'弄得发窘，只好答道：'我是福建泉州人，以群同志是安徽歙县人，攀不上什么亲戚关系。在以群同志审读并帮助我修改那本习作前，我们从未见过面。'他们听了都哈哈大笑，唐弢同志风趣地说：'这事今天算是澄清了。'令我大感不解的是，事过三十多年后，至今我依然不时听到这种误传，甚至见诸《光明日报》这种流传广远的报刊。因此，这里我想借此机会，着重谈谈我的家庭和童少年时代的经历，以及我是怎样迷恋起文学来的。其间，自然也有再次澄清之意。"叶子铭先生为什么会反反复复提及这件事呢？无疑，这是与他的性格紧紧相连的。在很多人的印象中，叶子铭先生是一个谨小慎微的君子，一心只读圣贤书的书生，其实并非如此，他的思想一贯深刻，是时代改变他的性格，同时也是时运改变他的生活轨迹。作为追随先生多年的学生，我曾经在多少个夜晚聆听过先生讲述他一生的坎坷，也多次看到他与同事们一起纵论国家大事，臧否风云人物。

　　从小就做着文学梦的叶子铭，在大学时代就既是一个温良恭俭让的君子，又是敢于直言的才子，正是由于他在二十世纪五十年代那场"大鸣大放"中身为领导小组成员，预备党员，团支部书记，却因秉持公道，被"挂"了起来。当时他经济拮据，吃饭都成问题，最后被分配至苏州医学院干与专业和学术无关的事情去了。文学之梦的破碎，对于他这个"才子"而言，简直就是惶惶不可终日之事，青年时代的精神痛苦和彷徨，让他遇事更加谨慎小心了。好在他很快又报考研究生，重新回到了南京大学，可是他选择了中国古代文学专业，师从陈中凡先生，谈及这段经历，他是津津乐道。其间他潜心苏轼研究，很快就做了五万字的《苏东坡传》提纲，已交中华书局审核过，编辑催他赶紧写出来，由于当时忙于协助叶以群先生编写《文学的基本原理》而暂时搁置，书稿在那场轰轰烈烈的运动中幸免被抄，却被妻子为避祸而付之一炬。

二十世纪六十年代初，由于俞铭璜的力荐，叶子铭先生不仅在华东局受到器重，同时也受到了教育部的重视，华东局便正式调叶子铭去工作，连其夫人的工作都安排好了，匡亚明校长就给华东局写信阻止了这次调动。记得九十年代一次在学科组闲聊时，复旦大学的章培恒先生笑着对叶子铭先生说：那时你是坐在台上的，我们是坐在台下的。我常常感慨：一个人的命运除了时间和空间的交错而使然外，往往就是性格主宰了命运。前两年看到徐景贤回忆录里提到在轰轰烈烈的初期，当年上海写作班子成立时，名单上外地学者调入者，第一个就是叶子铭赫然在目。我想，倘若先生是那种性格冲动的人，倘若他不是慎思笃行，一心想求功名顶戴，恐怕就会在政治运动中像坐过山车那样大起大落，从飞黄腾达到折戟沉沙，那姚文元、徐景贤之流就是前车之鉴。

其实，在轰轰烈烈之中，先生是遭受冲击最早的"白专"道路学者，在查南京大学三十年代"文艺黑线"时，查出了中文系"三本黑书两个黑人"（"两个黑人"就是叶子铭和陈瘦竹），二次精神上的打击让他不能自已，几次欲了却身前身后事，用一种决绝的方式告别人世，在那恐怖的思想与肉体批判中，他的自尊心受到了极大的挑战,那时他就欲去海边一个清净的地方蹈海寻仙,在妻子的严密看护下才没有得以实施。其实运动的风暴一过去,他就做起了"逍遥派",安全度过了漫长的十年浩劫。

在先生的一生当中,人们似乎只看到他"春风得意马蹄疾"的时刻,却不见他愁苦万般彷徨的时候,无疑,那个时代给知识分子留下的心理阴影是十分沉重的,尤其是像先生这样对政治十分敏感的人。从前途一片光明的学术巅峰一下又跌入人生的低谷,让一介书生情何以堪。当然,这也与当时南京大学的俞铭璜先生在 1958 年为奖掖后进而提出"诗必盛唐,言必叶(叶子铭)黄(黄景欣,当时年轻的语言学家)"的口号有关,作为当时年轻的学术明星,在经历了两次大的政治运动后,已经成为惊弓之鸟,作为一个茅盾研究专家,我以为他的性格与其研究的对象十分相似,尤其是与 1949 年以后茅盾的性格表现有惊人的相似之处。也许这一性格特征会被有些人不屑,甚至嘲讽,然而,正是他对时局和政策预判的缜密性和深刻性,才使他免受了更大的灾难,但是,作为一个学者,处处躲闪,却又被不停地追逐,这才是他真正的悲剧心因。他是一个大智者,却又不能得到最后的解脱,这就是造化弄人,时运捉弄人的悲剧所在。

但是许多事情却是身不由己的。在轰轰烈烈中,他最终没有卷进风暴的中心。有人说他傻,太没有政治抱负,但是正是他把看似简单的问题复杂化了,让自己没有卷进更大的旋涡之中,此是明智之举。二十世纪八十年代,学校有意让他出任副校长,被他婉言谢绝了,后来上面又有意让他出任省委宣传部副部长,亦被他斩钉截铁地回绝了，此乃福兮？祸兮？我以为正是先生看得比常人更加深刻，他才能预判到高处不胜寒的复杂结局，这可能是他"把简单的事情复杂化"的胜利吧。可是，他没有逃脱《茅盾全集》编辑部主任和南京大学研究生院副院长的职务，以及南京大学中文系主任（这是当时中国高校的第一个民选系主任）的实职，前者是为了还茅盾先生的感情债而为之，后者被前主任陈白尘先生说成是"不是人干的生产队长"的活，可见先生接了这三项活以后会是一个什么样的生活状态了，更使他揪心不已的两个学术职务也耗掉了他的许多精力，一个是国务院学位委员会中文学科第一召集人，一个是茅盾研究学会会长。当然，还有许多职务也会时常来骚扰他的正常工作，比如全国博士管理委员会文史组成员，教育部人文社会科学研究专家咨询委员会委员……这些虽为虚职，但是却让他不断奔命在南京至北京的旅途当中。他的认真和他的犹豫不决让他耗尽了心血，他常常挂在嘴边的一个词语就是：焦头烂额。这让他在自己最好的学术年龄段中，把许多的精力都投入这些工作中去了，他常常感慨，要是我把这些精力都用在学术研究上，是一定能够做出成绩来的。

事必躬亲，犹如戴着枷锁和镣铐跳舞，身心疲惫，这似乎就是宿命，所以这种性格将他自己累出了一身病。更为严重的是，变幻的政治风云给他的心头埋下了根深蒂固的心理病灶，当年大家曾经集体"指责"过他在运动中的迂腐，竟然会毕恭毕敬、通宵达旦地写自我检查书，把政治生存环境看得太复杂，才使得他产生了消极的情绪。从1991年的又一次选择自杀，直到最后失去独立思考和研判问题的能力，甚而失去了自裁能力而苟活下去的生存状态，应该是这个大智者最不愿意看到的结局，但先生不能自已。当年许志英先生曾经与我反反复复地讨论过这个人生的哲学问题。殊不知，先生的内心所经历的苦难是任何人无法想象的，一个人的深刻往往是他人无法理解的，只有自己内心深处才有答案。

1984年我们在人民文学出版社编纂《茅盾全集》时，往往彻夜长谈，他总是忧心忡忡，那时我年轻无知，对他处处小心、时时忧郁的性格往往认为政治过敏、杞人忧天。但是，后来我深切地体会到他的复杂性后面的深谋远虑，直到他的离世，我们才能真正领悟到一个知识分子的性格过敏用这样的方式呈现出来，又是多么的可敬、可怜与可悲。然而，正是他的深刻性的这一面，时时提醒着我克服那种盲目乐观的浅薄，因为世事并非我们想象的那么简单。

叶子铭先生离开我们已经十三个年头了，他在生命的最后日子里饱受了病魔的困扰，不见一丝笑容，其受苦受难的种种行状犹在眼前。

愿先生在天堂里不再遭受人间炼狱式的精神煎熬，你能开怀地大笑一回吗？！

许志英先生，嗜烟，抽烟有绝技，嘴里叼着烟，不用手夹，可与你侃侃而谈，乃中文系"五大烟枪"之一（最厉害的是那个熟读了德文版《资本论》和黑格尔的周钟灵先生，眼见他一听到下课铃响,就一口气把一支烟吸掉了一大半,不见吐出一口烟来,在那个计划经济的时代,听说他每天只用一根火柴,清晨点上一支烟,一支接一支地抽到深夜入睡时),而许志英也是有"上床烟"和"下床烟"讲究的,临睡前躺在床上吸几根烟才能入睡,起床前也得在床上吸几根烟才能爬起来。饮茶,但不精于此道,不喝酒,爱吃糖果。恋旧,喜回忆往事,每每沉浸在对昔日的回忆中不能自拔。平时不苟言笑,一俟过从甚密,便让你陷入无休无止地聊天的陷阱之中。偶尔亦善用冷幽默开个玩笑。

我 1978 年开始与许志英先生交往,直到他最后给我留下那份仍然是笔画刚劲有力的遗书。近三十年的阳世忘年交,我们无话不谈,包括他那带有高度个人隐私的、具有密码性质的日记也袒露无遗,今年恰逢我们交往四十年纪念,许多往事浮现在眼前,历历在目。

记得有一次系里包车去苏州、无锡旅游,路过句容一个集镇时,许志英向邻座的郭维森先生说:离这里不足四公里之处,在近百年的历史之中出过一个名人。大家面面相觑,郭先生则大声破解道:不就是出了一个叫作许志英的名人吗!

其实,自民国至"土改",先生家境在那一方还算是富裕的,因为父亲读过县城的初级师范,做了教书先生,每年进项也竟达一千八百斤大米之多,所以"土改"时被划为中农,也并非奇怪,或许这也就是让他一直读到复旦大学中文系毕业的经济保障吧。

先生 1959 年毕业于复旦大学中文系,早在 1958 年毕业前就参加了复旦大学红皮《中国现代文学史》的编写工作,毕业后分配至北京中国社科院文学研究所工作,是文学所有名的"摇鹅毛扇的军师"，可见其做事举重若轻、豁达开朗之风格深得人心，从中亦可看出他的人望。

他是二十世纪七十年代后期为了照顾家庭调来南大的，记得当时他带着夫人和小女儿住在南园学生宿舍一楼的一间朝南的房间里，一张大床加上一个小办公桌，房间就已经挤挤挨挨的了，但是，先生仍然经常邀请朋友来聊天，那时的常客除了先后从文学所调来的在江苏文艺出版社工作的徐兆淮先生外，就是南来北往的同事故旧了。我在那里见到过《重放的鲜花》的编者与先生一起讨论这本集子的选目；见过文学所的同事来宁后蜗居于此室谈天说地；也见过许多相识和不相识的老师和学生在此拜望过他；还看过他家乡一大帮的亲朋好友坐着站着与他交谈。更不能忘记的是先生坐在旧藤椅上、徐兆淮躺在床上、我与某君坐在仅存的犄角旮旯里抽烟聊天的情景。当然，也有先生新结识的南京同事和朋友不期而至。就是在那间小房间里，我听到了许多他在文学所的有趣事迹，尤其是对六七十年代种种人和事的追忆。我们常想，要是有一间客厅多好啊！这便成为先生一生的诉求。无疑，先生对房子的渴求是十分强烈的，后来还专门写过一篇散文《分房》，其实说穿了，他就是想要一个舒适的独立空间，好让朋友们来聊大天罢了，因为他一生的嗜好除了抽烟，就是聊天，所以我们背后称他是"聊天大王"。

与先生聊天最为痛快的一次是 1991 年茅盾研究学会年会在南京大学召开期间，恰逢叶子铭先生大病骤发，许志英先生作为系主任代为主持会务，我们俩住在南大招待所一楼最里面的一间客房里，聊了整整三个通宵。我们两个人半躺在床上，一边抽烟一边聊天，从叶子铭先生的病聊到人生的悲剧，从家庭琐事聊到天下大事，无所不聊，无所不谈。那个烟抽得真是昏天黑地，被子衣服上全是烟熏味，以致早晨送开水的服务员一推开我们的房门，呛得猛一退后时一个趔趄，差点摔倒。起床后，我们看着一大缸的烟蒂，便相视一笑泯忧愁。

在我与他的聊天史中，最有趣的一回就是用散步形式进行的聊天，打破了走路聊天的最长时间纪录，持续了四个多小时。那是2002年大年初二，一个晴朗的日子，为了劝说我当系主任，我们围着鼓楼半径大约2公里一直走啊走，我一口咬死：枪毙也不当。他笃信能够说服我，最后却是以他的妥协而告终。虽然，这是我仅有的几次违背他意愿的聊天之一，但是，给我留下的印象极为深刻。

1984年，他因一篇论五四运动领导权的学术论文被点了名，引起了一片哗然。但是，除了外地的一些学者自觉或不自觉地批判了先生的观点外，南京大学却是踏踏实实地走了过场，非但没有"问罪"，后来还在叶子铭先生的力荐下请他出山接任了中文系主任一职。这样的处理方式，也许是其他高校很难做到的吧，这就是南大中文系！他接掌系主任职位后，放权给分管各个口的副系主任，除了重大事情过问外，不管具体事务，他的治系方针就是四个字：无为而治。就是这种"把复杂的事情简单化"的行为风格，使中文系在那些年平安度过，尽管系里有这样和那样的矛盾存在，但绝大多数人起码在价值认知上还是一致的。

就是这样一个性格开朗，对一切世事都看淡的人，为什么会最终突然选择自杀呢？这使得许许多多熟悉和不甚熟悉他的人，都在脑海里画上一个大大的问号。其实，在他写给我的遗嘱中的一个关键词"生意已尽"就是答案。

首先，先生对大局的预判向来是十分乐观且准确的，这在文学所是出了名的，尤其是对粉碎"四人帮"的预判，但是，对后来的人生局势的预判他却是吞下了"把复杂的事情简单化"的苦果，常常成为我们对他调侃的谈资。我们在烟雾缭绕中度过的那三个夜晚是我终生难忘的，那时，他对国家的前途是信心满满的，坚信改革将会有所突进。但是涉及人生问题时，却又一反常有的乐观性格，鉴于叶先生的病情，我们形成了一个共识：一个知识分子最为痛苦的事情就是能够思想的大脑失灵，最后连自裁的能力都没有了，给自己、家人与朋友带来了共同的悲伤。而让我万万没有想到的是，先生在大脑还十分清晰、思维还相当敏捷的情况下，选择了自裁，难道他是不愿等到不由自主的那一天的到来，提前了断了？震惊之余，唯有泪千行。

其次，导致先生选择自尽的缘由就是生活自理的困难。未曾想到的是退休以后，他突患中风，落下了瘸腿的痼疾，因为行走不便，导致他对外界事物的判断力显然大不如前了。但是，他还是常常与我们交流对社会形势的看法，十分吊诡的是，在他走前的这一个星期里，他竟然没有与我有任何联系，而又因为那些天忙于系里诸多琐碎的公务，我也就没有在意这事，恰恰就是他离去的那天，冥冥之中，我一大早六点钟就到了办公室，七点钟就接到他小女儿打来的电话，得知噩耗，我便匆匆赶去，撞进家门，他已经被移位，平静地躺在床上了。读着他给我留下的遗书，我欲哭不能，看着那刚劲有力的笔迹，我想象他用这支笔划破了那个无声中国的夜空，表情是那样的坚毅和决绝，毫无惧色，也毫无愧色，当我看到最后一句"永别了"的时候，才不禁潸然泪下。王彬彬后来看到这份遗书时，与我同感，他十分惊讶和佩服许先生竟然在告别人世时可以那样冷静和从容，其字迹没有一点抖动的痕迹。在这一点上，我们是常人，是无法与许先生比拟的，虽为书生，他却是在大风大浪里进入了大彻大悟之境界的超人，这也许就是他最后一次毫不犹豫地"把复杂的事情简单化"的壮举吧。许多人认为，直接引发许先生自裁的原因是生活所迫，我倒是认为对生存环境的绝望与生活的压力才是其面对这个世界无奈的选择的根本导因。

许志英先生离开我们已经十一个年头了，但他的音容笑貌宛在眼前，其实，现在算起来，我们的交往应该是四十年了，虽然我在阳世，他在阴间，我们却仍然时常抽烟聊天攀谈。

邹恬先生嗜烟，是中文系"五大烟枪"之一，素描定格：与人聊天时，被烟熏黑了的右手夹着烟，手指还在不断地划动，上课时，手指夹着的是粉笔，亦复如此。眼睛有时眯成一线，时而从镜片里射出一道深邃的光来。他是一个绝顶聪明的人，且有文人的傲骨和浪漫主义的情怀，是一个特立独行的学者。他承续的是南京大学中文系的"名士风度"，满腹经纶而述而不作，重名轻利,不求闻达,与世无争。学生们在整理他的讲稿与文稿时,发现竟然有几百万字之多。

其实,他在生前早就对自己的身后事做过一个浪漫主义的安排,他说过:选择死亡,要么在高山之巅,要么面朝大海。我似乎看到他"春暖花开"的浪漫情结。

至今我还清晰地记得,1995年元旦过后,他来办公室,我和柳士镇递烟给他,他说:戒了。我简直不敢相信自己的耳朵,一个只抽不带过滤嘴香烟的人在那个时代已经成为特例,他嫌有过滤嘴抽得不带劲,你敬他香烟,他总是把过滤嘴去掉。不料几天以后他住院了,告知系里是心肌梗死,系主任胡若定先生、朱家维书记、邹恬夫人赵梅君先生与我一同商量治疗方案,围绕着究竟做不做一种新的血管疏通介入方法反复讨论,最后确定还是让专家们会诊后再定最终方案,谁知还没有等到上手术台"搭桥",他就匆匆地走了。他准确地预判到了他的离去时刻,于是,上半夜在稿纸的正面写下了遗嘱:"若是发生不幸,不要举行追悼会、遗体告别活动,也不必发讣告,有人问起就告诉一下。"下半夜在稿纸的反面写下了这样一段话:

永别了!短暂的人生,
永别了,难舍的人们,
我先走一步,
走向永恒!

心脏停止跳动，于他而言，就如钟表停摆，那个时间骤停在了 1995 年 1 月 15 日的凌晨，一个浪漫主义学者走过的只是整整六十年的历程，我们在无言中肃立，我们在风中哭泣，因为他也是一个伟人。

邹恬是上海人，但与一般现实主义的上海人有所不同，他骨子里放浪不羁的浪漫时时让人刮目相看。许志英先生有一篇写得最动情，也是他最好的一篇散文就是《走向永恒——邹恬兄五周年祭》："中文系的老人都说邹恬个性潇洒浪漫。……他读南大中文系时，才十六岁，是班上年龄最小的。那时他西装革履，风流倜傥。到了晚年，潇洒浪漫的个性还照样保持着。"他喜欢骑车旅游，就在去世前的三个月，他还独自去了天柱山。亲近自然，寻觅静谧，是他的人生追求，这也贯穿于他的教学科研之中："邹恬兄的学生说他有一种独具的'人格魅力'。我想他们这不单单是敬佩他学术风格的严谨、学术功底的深厚扎实，更敬佩的是他一贯保有的淡泊宁静的人格境界。在充斥着喧嚣和浮躁的今天，邹恬兄始终疏于名利、安于寂寞的品性实属难得。惟其难得，才弥足珍贵。……邹恬兄逃避热闹，远离名声，在我看来绝不是刻意为之的傲世绝俗，而是出于其天性的坦荡和对人生的彻悟。他追求的是平和与沉静。不事张扬、悄无声息地甘坐冷板凳，是他做人的风格，也是他自得其乐的学术生存形态。"[1] 言传身教，他的学风和人品极大地影响了他的后辈学生，这几十年来，潘志强就是

---

[1] 许志英：《走向永恒——邹恬兄五周年祭》。

继承了他衣钵的传人，其后来者甚至醉得更深，除了上课读书与学生有密切交流外，整个就是一个不知晨昏、与世隔绝的书痴，读书多，有见解，不著述，不求名，不要职称，甚至也不结婚，一支粉笔进课堂，一部现代文学史从头讲到尾，全在胸中，臧否作家作品，小到一部作品的一个不起眼的细节描写，都能够道出微言大义来。什么是一个院系的风格？什么是特立独行的风骨？全在于兹。庆幸我们中文系还有这样的学者种子，这当然是与邹恬先生的言传身教分不开的，可是，潘志强之后，我们的下一代还会有这样的种子发芽成长吗？可能即便是有人想继承这样的遗志，恐怕时代也不可能为之提供培养的温床了。

"聊天大王"许志英先生说："我于1977年10月调来南大后，一直与邹恬兄过从甚密。大约每一两个月我俩总要畅谈一次。他到我家来一般都是白天，我到他家去一般在晚上，多半是我去他家。有时不知不觉谈到夜里十一点多钟，他每次都坚持送下楼送出院子大门，还要再走上一段路，边走边谈。我们在一起总有说不完的话，上至国家大事，下到系里教研室的事情，还有专业上的切磋。"如今他们在另外一个世界里可以肆无忌惮地尽情聊天了，再也不会顾及什么了。

邹恬先生的夙愿实现了一半，"撒一部分骨灰在泰山之巅观日出的山坡上。"可以"一览众山小"了。窃以为，还有一部分可以撒向大海边，"面朝大海，春暖花开。"愿你的心胸永远如大海一样开阔与浪漫。

在这个世界上一直称呼我"小丁"的几位先生走了,我相信,他们在另一个世界里讨论的焦点仍然是中国问题,在复杂化与简单化之间进行着辩论,而我却愿在梦境中做一个"听风者",然面对现实世界的选择,我能说些什么,又能做些什么呢?!

(注:此文有几处段落采用了我的旧文《艰难的选择》之说,特此说明)

2018年2月3日晚初稿完成于南京依云溪谷
原载《雨花》2018年第3期

先生素描（四）
学界文评"双星"

曾华鹏

镜头一：讲台上，他手捏着粉笔，用略带鼻音的浑厚而极富磁性的中音和十分投入的情感，生动地讲述着中国现代文学的作家作品；

镜头二：他半倚在那个已经磨得发亮的藤椅上，时常用右手托住下巴，食指与中指分开在脸颊上摩挲着，与人交谈，风度翩翩，有时颔首微笑，有时嬉笑怒骂，声音有时低回，有时高亢；

镜头三：高旻寺，在破败的康乾行宫前，在修葺的雄伟塔寺和佛像前，他的朗朗笑声划破了寂寥的长空；

镜头四：病榻上，平静地交谈；临别时，紧紧握住的双手，道出的是永诀时的千言万语。

范伯群

镜头一：瘦西湖畔，他幽默风趣的言谈和爽朗的笑声感染了每一个人，他的处事风格也是别有情趣；

镜头二：在宜兴饭桌上，他劝食比劝酒还要得体，尊老爱幼，感动着教材组的每一个人；

镜头三：在苏州大学文学院"中文系重建50周年暨文学系创

建108周年"庆典会上,他激动的颤音;

镜头四:在"江苏当代文学批评家文丛"组稿会上,他佝偻的身影;

镜头五:病榻上,他戴着氧气罩,已经不能言语,只是用眼神说话;告别握手时,握力却比往常大了几倍。

一个沉稳深沉;一个开朗儒雅。这对文坛"双星"的音容笑貌永远镌刻在许许多多学者的脑海之中。

曾华鹏先生与范伯群先生是复旦大学中文系1951年入学的同班同学,曾华鹏是班长,范伯群是系学生会主席。他们师从贾植芳,二人从学生时代就开始了合作,他们的友谊与合作延续了一辈子,堪称学界的一对终生的"双打选手",是永不凋落的学界"双星"。

那时同班的同学当中除了曾华鹏、范伯群外,还有两个大才子,那就是早逝的施昌东和后去的章培恒先生(下次我得专门书写这一个最具个性的学者)。施昌东二十世纪七十年代末改攻文学理论专业,而本来从事中国现代文学专业的章培恒先生却改攻中国古代文学专业了,他们二人在各自的专业中成就斐然,可见只要有才华,放在哪里都会发光的。

在贾植芳先生的指导下,他们各自设计出了毕业论文作家论的主攻方向,曾华鹏写《郁达夫论》,范伯群写《王鲁彦论》,施昌东写《朱自清论》。曾华鹏出手快,《郁达夫论》首先完成,尔后范伯群也参与了修改,竟然在贾植芳先生刚刚被打成"胡风分子"不久时，就在《人民文学》1957年五六月合刊上发表出来了。那是《人民文学》破天荒第一次辟出专栏发表文学评论文章，而且是两个不知名年轻作者的文章。秦兆阳在《人民文学》"编后记"中说："作家论是我们盼望很久的，郁达夫又是'五四'以后，有独创风格，有广大社会影响的重要作家之一。文中对于郁达夫的生活道路和创作是有独到见解的。我们愿以发表《郁达夫论》作为一个开始，望有志于此者，能够对我国现代以及当前的许多作家进行深入的研究。"这大概是《人民文学》杂志发表长篇作家论空前的编辑史了，那是多么震撼人心的事情啊，全国许许多多学人谈起这件往事的时候，都是惊叹不已。许多年后，我在扬州师院图书馆里看到这本杂志时，那种激动是无法形容的，感到无比的荣幸，因为先生就在我的身边。1970年代末和1980年代初，当王富仁和许子东读到这篇二十世纪五十年代的作家论时，也都佩服得五体投地，无疑，这是文学史回避不了的一篇鸿文。

可是，正是贾先生因胡风案的被捕，让他的弟子们也遭到了沉重的打击，用范伯群先生的话来说，他们是贾植芳先生的得意门生，那么也就被甄别为"几个小分子"了。毕业分配，本来是留校的曾华鹏和范伯群也都被发配到苏北，前者先是被分配到扬州财经学校，1958年苏北师专成立后，才被调入现在扬州大学和以前扬州师院的前身学校——苏北师专。后者被分配到南通中学，他从上海的十六铺码头坐五等舱艰难地抵达了南通的天生港。

他们既是现实主义者，又是浪漫主义者，两人在毕业分手时的特殊的告别仪式在那个时代却是殊异的行为举止，两个年轻的

"胡风分子"在悲情浪漫的情绪里做了四件事:"第一,到国际饭店体验、享受一下西餐;第二,到先施公司去看一看那里的雕塑;第三,看一场电影;第四,来一个合影。这个仪式的核心内容是,两人当时相约,以后一定要相互扶持,回到心爱的文艺岗位,不能就此埋没一生。他们拍的合影照片,后来曾华鹏说是'两只惊弓之鸟'。这张照片范伯群一直留在身边,纪念着两个人一生搀扶前进的誓约。"[1] 这是那个时代大学生"最浪漫的事"了,而我猜想,他们更多的还是怀才不遇的悲伤,学术抱负不能施展,也只能望着滔滔的黄浦江水仰天长啸矣。

正是由于带着摘帽"胡风分子"的原罪,他们来到了江苏的苏北地区,把自己的大半生交付予这片贫瘠的土地,从个人的学术经历来说,这固然是遏制他们学术发展的悲剧,用范伯群先生的话来说就是"在超度知识分子的原罪中浪掷了青春"[2]。然而,从对江苏的学术贡献来说,正是他们的到来,为苏北播下了中国现代文学学术的种子,作为拓荒者,他们在几十年的辛勤耕耘中,不仅个人在学术领域卓有建树,更重要的是培育了一支支强大的学术团队,屹立于文坛学界,这无疑又是江苏学界之大幸。

曾华鹏先生是我在扬州师院中文系读书时的老师,那时他是

---

  1 陈霖:访谈录《保住智慧的元气》。
  2 范伯群:《"过客":夕阳余晖下的彷徨》,原载《东方论坛》(青岛),2004年第3期。

我们的偶像，听他的课乃是一种享受，我在另一篇随笔中已经描述过了那种场景。这里我要强调的是，正因为有曾华鹏先生的存在，扬州师院的学术氛围和气场才有，学术领域和特色才存，学术团队和梯队才在。前些日子，有一位中文系的老教师看了我写扬州师院中文系先生们的"素描"后打电话给我，最后反思诘问：为什么一批优秀的学生没有能够留在扬州大学呢？这个问题让我思考良久，除了走出去才有更大的学术空间的因素外，更多的原因还是一个作为学术带头人的学者的学术气度问题，因为曾先生从来就不会强留自己的学生在自己身边，在我与曾华鹏先生的接触中，许多次的聊天，他都吐露出这样的观点：学生不是老师的私有财产，也不是一个学校的校产，只要能够发挥个人最大的学术能量，在哪里都是一样的。是的，学生的每一个学术上的进步都是老师最值得欣慰的事情，其空间的转移则是无足轻重的。从这个意义上来说，曾华鹏先生的眼光和心胸是辽远阔达的，他无形之中是在为全国乃至世界输送学术人才。扬州师院能够为此做出如此大的贡献，即使自身的学科有所萎缩，这又有什么关系呢？如果不站在急功近利的学科排名的立场上去看问题，它仍然不失为一个培养基础人才的最好学校之一，有此足矣。由此，我看到的不仅是先生的淡泊，更是先生长远的明志胸怀。

先生的学问与才华自不必说，从他在 1957 年首次在《人民文学》上发表的关于论郁达夫的洋洋洒洒四万字的长篇论文中就可见一斑。在这里，我只想截取几个镜头，来勾勒出先生的性格与品格。

二十世纪七八十年代，曾华鹏先生的课多是在梯形大教室里上的，里里外外都挤满了人，有时是盛况空前。先生上课时，无论板书与否，都喜欢捏住一支粉笔，有时是正常的拿捏，有时却是中指与食指夹住的抽烟状，后来问之，果然，原来他也曾经抽过烟，我想，在那些苦难的日子里，能够消愁之物，除了酒，就是烟了罢，这种夹烟的习惯是下意识的，却是一个时代的标记。

　　先生上课讲求张弛有致和起伏变化的节奏，课堂上不时传出学生们的笑声和掌声。他的声音略带鼻音和福建腔，浑厚而洪亮，极富磁性，且是从低音到中音，偶发高音，那必定是到了十分激动之时，再从高音到中音，也偶有到低音的过程，颇有抑扬顿挫之节奏感和轻重缓急的旋律感，随着讲析的内容和不断变幻的情绪而起伏，我猜想，先生是把上课作为一门艺术表演来备课的吧，所以，学生们也是将它作为一种艺术的享受和思想的洗礼来聆听与回味的，它是绕梁终生的，难怪趋之若鹜者众呢。一个教师能够把一堂课上成一曲长长的、旋律变幻无穷的、章节与节奏十分清晰的"钢琴课"，那是需要何等的功力和功夫啊，亦如他在分析《从百草园到三味书屋》时，用小提琴的音乐旋律和效果来形容作品的节奏；在分析《药》时，把乌鸦的叫声与安特莱夫式的"阴冷"风景勾连起来……从而把一部部鲁迅作品的精华谱成一首首交响诗，将鲁迅的写作心境和曲笔都生动地表现抒发出来了，让人看到了另外一种诗画音乐般的人生艺术境界，这就是在作品的基础上对生活和艺术现实的再创作的过程，没有高超的艺术功力是难以完成的。于是，在听众眼中，他那手中的粉笔似乎变成了长长的指挥棒，把一曲交响乐推向了高潮。他那由低到高，由高到低的音符，让人完全进入了作品的情境之中，随着旋律而忘情忘我，让本来读起来平淡无奇的课文，在他的讲析中成为一曲不朽的交响诗，让人久久不能忘怀。多少年后，当我和朋友们谈起先生的授课时，将他手中的那支粉笔说成是大师手中的"艺术魔棒"。

与先生聊天是一件愉快的事情，但是，倘若是不熟悉的人，他会表现出一种慎言的态度，只是倾听来者的叙述，很少说话，不断颔首微笑。然而，一俟遇上熟络的朋友和学生，就会呼茶畅谈，谈兴骤起时，甚至会开怀大笑，那略带鼻音的浑厚嗓音，往往会感染着你进入一种无拘无束的交谈语境之中。记得上世纪八十年代后期有一次我们去他家，那天他十分兴奋，告诉我们，前一天晚上复旦大学的老同学老同乡潘旭澜先生给他打了两个小时的电话，内容从小道消息到国家大事。嘴上虽然怪罪潘先生太能侃了，抓住话筒不放，心里却是美滋滋的。人们都说先生是一个谨语慎言的人，其实，先生在骨子里却是一个对社会和政治事件有着独到见地的、有良知的学者。

不能忘却的镜头是，在先生家聊天，他让师母给我们沏上一杯茶，自己却是用那只大玻璃壶泡的决明子当茶喝，因为他说自己的眼睛不好，只能以此代茶了。他半倚在那把坐了许多年的幽暗发亮的藤椅上，跷着二郎腿，有时严肃，有时微笑的影像，在我脑海当中成了永恒的定格，可惜当年没有想到带上一架照相机，如果将这个镜头拍摄下来，挂在我的书房里，那便是最好的永久纪念。

犹记得当年我们一行四五人随先生去瓜洲的高旻寺一游的情形。那次先生是动用了扬州市政协副主席的"权力"，打招呼去游览尚未完全修复的天下名刹。站在破败不堪的康熙和乾隆的行宫前，先生发了幽古之情，同时，也慨叹人生之寂寥。那个住持方丈是有名的德林长老（1915—2015），法名妙悟，字悟参，号德林，河北丰润人，原名为梁怀德，他用三十年的时间重建高旻寺，其设计的大禅堂被称为"中国第一禅堂"，是一个颇有现代意识的佛家人士，其建筑的恢复全是此公倾全力而建造的，"扶刹竿于既倒，兴伽蓝于废墟"，先生说此高旻寺就相当于中国社会科学院的研究生院，是中国佛教的最高研究机构之一。先生表情严肃地告诉我们，时任江苏省作协党组书记的艾煊不久前来此挂单过。那次的"旅游"，却让我对先生的复杂心境难以猜度了，先生若有所思、若有所参、若有所悟的神情让我浮想联翩，难道先生真的相信有天国存在吗？

先生无疑是一个坚强的人，但也有流泪之时，一次是听说，两次是亲眼所见。从中可以见出其心底里深藏着的人性柔软的一面，虽然常人是难以见到的。

那次他的爱徒李华岚不幸英年早逝，据说他听到这个才华横溢的散文作家去世的噩耗时流泪了。在李华岚病中，他还专门为其散文集撰写了评论发表，可见他对学生的宠爱是深藏不露的，虽然他平时不说，但是心底里的呵护却是最动人的。

在叶子铭先生弥留之际，曾华鹏先生特地让张王飞和我陪同他前往医院看望。那天，他风尘仆仆从扬州赶来，一进病房就用福建泉州家乡话抽泣地呼唤着：子铭！子铭！！子铭！！！（写到这里，我已泪流满面）先生当时几乎哭出声来，我和王飞背过身流泪，不忍目睹。那时的叶子铭基本上已无知觉，也许是乡音，也许是友情，靠鼻饲且闭目无语的叶子铭先生居然流下来两行清泪……出了病房，三人一直无语，待到分手时刻，王飞才不无深情地说了一句：曾老师，你也要多保重啊！他的这句话便激发了我的一个心愿。

于是，在我后来主编南京大学出版社的"中国现代文化名人评传丛书"时，第一个想到的就是尽快地将先生的成名之作《郁达夫评传》赶出来，万万没有想到的是，先生在做出大幅度修改增删时，还是用较为原始的撰稿方式，在打印稿上，用红笔一字一句地写满了增删的内容，字斟句酌的严谨文风，让我们这些做学生的人羞赧汗颜。作为给先生八十寿辰的献礼，那本书以精美大气的装帧呈现在先生面前的时候，先生摩挲着这本凝聚着其毕生学术沉浮的大著，笑了。

2017年初，我们启动了"江苏当代文学批评家文丛"，曾华鹏先生卷由他的学生张王飞编纂。王飞说，他是收集了先生所有的文献资料，含着泪水编完这本著作的，可惜的是，先生没有亲眼看到这本凝聚着他毕生论文精华的大著面世，但我们是将这本著作当作祭奠先生的最好礼物供奉的。

先生病了，我和王飞相约去扬州探望，那虽然是一个晴朗的天气，但是我俩的心情却是阴沉的。走进病房，他让人摇起病床与我们交谈，看起来精神还是很不错的，但是，待到临别之际，他则直起身子与我们握别，眼里明显噙着泪花，我们欲泪，便匆匆逃也似的离开病房，偷偷在走廊中拭泪。

在先生的追悼会上，那么多的老老少少伫立了半个多小时，足见先生的人望之高。作为近半个世纪的老同学和合作者的范伯群先生在所有的悼念者中是最悲痛的老者了。

范伯群先生是二十世纪八十年代由曾华鹏先生推荐介绍给我认识的前辈学者。记得那一次他来扬州开一个会议，曾先生将我唤进范先生的房间，我当时心有惴惴焉。一见面，但见范先生面目慈祥，心情稍平复，他一开口，更让人释然轻松了：哈哈，年纪轻轻，做得不错嘛，将来天下就是你们的了。他那善于调侃、幽默的语言风格在会上会下都让许多年轻人感到亲近而放松，心中不免认为，原来范伯群先生是一个充满了生活情趣的人。他说话时常常带着"啊，啊"的语气词，则更增添了与人交谈时的轻松气氛。

待到上世纪八十年代后期，范伯群先生参与主编了徐中玉和钱谷融先生总主编的《中国现代文学史》时，他点名将我招至麾下，参与某些章节的撰写。记得刚到苏大报到那天，他带着幽默揶揄的口吻道：啊，啊，丁老亲自来了。我以为是叫哪一位长者，但是，环顾四周，无一丁姓者，便讶异羞愧，大家也都先是一愣，尔后便哈哈大笑。接下去，苏大中文系现代文学的青年教师也都开始个个在姓氏后面加"老"，自封起"某老"来，于是，从苏州到宜兴，几天会议当中，便一路互相称老，好不热闹。更令人捧腹的是，范先生说，你们就叫我小范吧。虽然谁也不敢这样叫，但是心里却充满着愉快与崇敬。现在回想起来，正是这种永远年轻的心态，才支撑着他在后三十多年中焕发出了无限的青春。

那几次教材会议成为我们最快乐的青年学术时期的一部分，直到今天，我们一干人见了面都仍然以老相称，虽然斯人已去，而我们怀念他在风趣调侃中对年轻人的照顾，隐隐地感觉到他给我们留下的动情的学术鼓励，足以让我们消受一辈子。

更有兴味的事情是在茶余饭间，可以见出范伯群先生对老一辈学者的尊崇与爱戴。我曾经写过当年在宜兴钱谷融先生充满生活情趣的趣闻逸事，其实，这一切都是范伯群先生一手导演的结果。因为当年每一餐的每一道菜肴都是经他之手精心挑选的，他熟谙钱先生所喜欢的菜谱，所以每餐海鲜点得特别多，用吴宏聪和金钦俊先生的话来说，就那一盘硕大的扇贝，在广州也就十分奢华了。钱先生喜欢吃海鲜是人所共知的，他像贪食的孩子一样饕餮，十分可爱，惹得大家乐不可支，然而，范伯群先生却是十分严肃地对我们啊啊地训导，"诸老不得放肆！"一俟钱先生站起身来自己搛菜或拨菜时，范先生就立马起身为之搛菜拨菜，其情殷殷，让我们这些晚辈汗颜不止。那日在宜兴茶场里品茶，钱先生久饮阳羡不止，迟迟不归，不停地说这个茶真好喝。见状，范先生立马找到茶场的马小马厂长，买了两斤上好的茶叶赠予钱先生享用。

先生的学问自不必多说，其最大的贡献就是积后半生的全力，把几十年来被列入另册的自清末民初以降的通俗文学重新纳入了文学史的轨道，将百年文学史的另一翼插上了学术的翅膀。2008年在苏州大学召开的"苏州大学中文系重建50周年暨文学系创建108周年"庆典会上，我在代表兄弟院校中文系致辞中说道：苏州大学有两个学术传统在学界闻名，一个是以钱仲联先生为学术带头人的古典文献学与古典文学，一个是以范伯群先生为学术带头人的中国现代通俗文学，后者填补了中国现代文学学科空白的学科，意义非凡。那天，我走下讲台时，范先生紧紧握住我的手颤抖地说：丁老，我们这个学科能够得到认同不容易啊！的确，在范伯群的带领下，经过这三十年的努力，这个学科在筚路蓝缕的历程中取得了辉煌的成就，这与范先生肩扛闸门，引领弟子前行是分不开的，没有他的坚持，中国通俗文学史也不会走到今天。

最让人感动的是，2017年2月28日那天，我们在西康宾馆召开了"江苏当代文学批评家文丛"启动编稿会议，万没料到的是，范先生由他女儿陪同亲自来参加会议了。他拄着拐杖，腰佝偻得已经很厉害了，但言谈中的思路还是十分清楚的。饭桌上，先生不无感慨地说，这大概是我亲自编定的最后一部作品了，这也是我人生学术历程的一个总结。闻此言，大家都说了许多恭维和安慰的话，我却在冥冥之中感到一丝悲凉与阴郁，隐隐觉得有一种不良的先兆，于是便一再催促加快了编辑的进程。当刘祥安教授将还散发着墨香的《江苏当代批评家文丛·范伯群卷》呈送到他的病榻前时，他摸着这本装帧十分精美的精装本书籍，我仿佛感觉到他的嘴角露出了一丝不易觉察的欣慰笑容，因为他兑现了他自己选编最后一部著作的诺言。

此时在我耳边响起的是范伯群先生在《"过客"：夕阳余晖下的彷徨》中的最后那一段话："但我还想在学术之路上'再爬一个小坡'。这个声音时时在我耳边回响，并催促我去定出新的计划；但我的年龄问我自己，我能走这'回归'之后再回归吗？在'回归'路上，我是孤身一人，'独自远行'，我还能走多远呢？今天我所庆幸的仅仅是不像《影的告别》中的'影'那样'彷徨于无地'，但不能不说我是在'夕阳余晖下的彷徨'。"

用"鞠躬尽瘁，死而后已"来形容范先生是一点都不过分的，他是我们学界在壕堑中战斗到最后一刻的学术"战士"。在其晚年，除去那一段不堪回首的不幸婚姻耽误了他几年的学术进程外，他把所有的时间都投入他的通俗文学的浩大工程当中去了，尤其是章培恒先生让他参与到母校"古今演变"学科的选目中去的时候，每每去复旦大学开会，看见白发苍苍的范先生像一个普通的学生一样，背着书包，拄着拐杖，每天步履蹒跚地行走在住所与上海图书馆的路途中，感到既敬佩又辛酸，敬佩他的惊人的毅力和坚韧不屈的性格，辛酸的是一个老人没有便捷的交通工具，则用原始的步履丈量着通往学术的天路。我深知，他是在和时间赛跑，用自己的余生血写文学史的"回归之路"。

那一天，王尧突然电话告诉我范先生病了，而且病得不轻，我想，他肯定是太累了罢，也应该养息一番了，哪知道去了医院一看，却让我大吃一惊。

那日，刘祥安引领我和王尧去了医院，绕过了曲里拐弯的走廊，抵达了一个简陋的"重症监护室"，只见范先生脸部罩着呼吸器，在祥安的呼唤下，他睁开了眼睛，一眼就认出了我，他只能点头，似乎有什么话要说，此时此刻，我立马就想到了与曾华鹏先生临别时的情形，于是不能自已，调转头去，生怕他看着我流下眼泪，片刻，我又转头凝视着他，只能对他打躬作揖。临别的时刻到了，我上前去与他握手，万万没有想到的是，一个病危的老者，握力竟然超出了常人和常态，让我惊讶之余，去反复揣摩其所要表达的隐语。

我深知这是最后的诀别了，但是也没有料到会来得是这么迅速，三天后，范伯群先生离开了我们。我猜度与之握手的隐语，无非就是说，倘若再给我一些时间，我的通俗文学研究的巨大构想还会有更大的进展，我要交代的未尽学术事宜太多了……

据报载，本月6日和18日水星与金星两次"相合"，"星星相吸"是天文现象，更是人文现象，或许这就是曾华鹏先生和范伯群先生约定的相聚讨论学术和天下大事的日子吧，在那里，他们再无顾忌，指点江山，臧否人物。我想，天堂里大约是没有什么所谓的"知识分子"一说的，恐怕只有灵魂的自由翱翔罢，他们应该是无拘无束的，是会让自己最本真的性格得到最大值的释放的，他们终于愉快了。

曾华鹏先生和范伯群先生这一对"双打选手"在天堂又聚会了，"双星并驰"，从此不再"独自远行"了，是在与"彷徨于"自己的历史的"影子"告别，留下了活着的我们继续"彷徨于无地",呜呼哀哉!彷徨复彷徨,彷徨何其多!

  他们在天上的街市里肯定是在时刻讨论着许许多多的文学史、作家作品、文学思潮、文学现象和文学社团的问题,望着暗夜里天上的星辰,那一对相合的星星是闪亮的,我们能够看到他们留下的身影,但是我们能够倾听到他们对这个时代再一次发出的声音吗?!

(此文的一些细节描写,经张王飞与孔祥东先生核实提供,在此一并表示感谢!)

2018年3月3日至3月4日草于京沪高铁上
3月5日13时50分二稿于依云溪谷
3月6日10时50分完稿于依云溪谷

原载《雨花》2018年第4期

先生素描（五）

潘旭澜先生素描

引子

显然，写外校的先生，让我战战兢兢，但是不写又觉得心里总像堵得慌，因为有些前辈学者无论于公于私都与我有过或多或少的接触，有的过从甚密，有的只是泛泛之交，但是在他们身上我看到的是我国知识分子瘦瘠脊梁的背影，虽然他们已经远去，却给我们留下了深刻的印象和可以深思的空间。

复旦的先贤，尤其是中文系的已故学者，早有我敬佩和熟悉了四十年的前辈学者吴中杰先生在《海上学人》中一一描述详尽了，吴先生在复旦大学中文系学习和从教凡六十余年，是见证复旦大学中文系每一次风雨的老人，他接触到的都是可以触摸的第一手"原生态"史料，其中有些历史的细节和秘闻是其他人所不可能掌握的，加上中杰先生对人和事生动细致的描写，让我们看到了摩登大上海现代以来许多知识分子的风骨与种种行状，尤其是他对每一个学者性格与思想的准确概括和提炼，似乎是在通向星河璀璨的艺术长廊中，矗立起了近百年来海上文人的一尊尊立体的精神雕像。

我所熟悉的复旦大学中文系的教师很多，而在已经故去的前辈学者中，亦只有两个人与我有所交往，并给我留下了许多值得怀念和遐思的回忆。

在这里,我要进行素描的是潘旭澜和章培恒两位先生,他们两个都是有着十分鲜明个性特征的著名知识分子,斯人虽去,风骨犹存。潘先生是福建人,有着极富独见的个性,与他相识是因为我的老师曾华鹏先生介绍,曾潘二位既是同乡,又是同学,更重要的是潘先生是一个性情中人,我从他的性格中看到的是那种狷介耿直、砭清激浊的知识分子的面影;章培恒先生是因为工作关系而相识,从1992年开始,每年都会因为学科上的事情与之交接,熟悉了他的秉性与做事风格,就油然而生敬畏。先生既认真又幽默还江湖的性格,可亲可近;更有那种坚守人文主义立场和人性价值观的道德底线所呈现出来的精神境界,可敬可佩。

一直想写一篇回忆潘先生的文章,但我毕竟与潘先生没有深交,但从仰视到平视的过程中,我深切地体味到潘先生人生哲学的来路与高尚。

除了一些当代文学的学术会议和作家协会召开的会议,能够与潘先生见面的机会就是硕士生和博士生的答辩了,那些时日里,我们都是聆听他的神侃,只有那次与许志英、王彬彬去他家里拜访时,我才算是真正走近了先生。当然,在曾华鹏先生的客厅里屡屡听到他描述与潘先生通电话的内容;也在我家的客厅里听到潘先生《新中国文学词典》的责编朱建华一边呷酒一边生动描述他和潘先生在编辑过程中的交往;再就是时常从王彬彬口中得到潘先生的音讯,尤其是他陪伴潘先生最后日子里的所见所感;最终，就是断断续续地从潘向黎口中听到其父之生活中的花絮碎片。

潘先生去世后，许多人写了悼念文章，尤其是作为亲密弟子的王彬彬写的那篇悼念文章已经是十分动人与深刻了，我便打消了写点文字的念头。然而，这些天我在写"文坛双星"曾华鹏与范伯群的时候，那个瘦瘦高高、像根电线杆似的形象时时在我的眼前晃动，让我又有了书写先生的冲动。

初见潘先生是他从上海来扬州参加一个会议，究竟是答辩会议，还是省作家协会的会议，我已经记不清楚了，但是他的形象却是深深地印在我的脑海之中了：个子高，且奇瘦，善言谈，能吸烟，喜喝酒。在扬州瘦西湖畔的沿湖大道上，在游船上，潘先生真是高谈阔论，天南海北，无所不谈，足显其"聊手"之功夫，真的是烟不离手、话不离口，当然还不时咳嗽几声。

先生是一个有趣的人，兴之所至，性情毕现，亦如他在《抽烟者说》中所说："每天坐到书桌旁，第一个节目就是点支烟。倘要出门，也要抽支烟再走；手表不答应，就边走边抽——虽不大文明，也顾不上了。"无疑，写作抽烟是无数现代文人的不良职业习惯，聊天抽烟与喝酒抽烟当然也是神侃助兴的佐料，但是，在那个时代，"边走边抽"的确也算是一个嗜烟如命的老烟枪所为，因为那时吸烟是无禁区的，从从容容地坐下来吸烟才是抽烟者的快乐，行走抽烟实乃颇显个性也。按照潘先生的逻辑来说，"从理智上来说，我是想戒烟的"（《抽烟者说》），但是离开了这个伴侣又是万万不可的。1967年住院手术后医嘱不能吸烟，隐忍了多日，"憋到出院，回宿舍路上，就'复辟'了"。因为，他更信奉的是其老师的那句话："我要的是生活，不是活命"！谁都明白，抽烟对人体有害，然而，你让一个有这种嗜好的文人去掉这一精神上的"伴侣"，恐怕是不切实际的想法，从潘先生对妻子一生的感情来说，是充满着感恩心理的，但是唯独抽烟这一"陋习"却始终不听其劝阻。大约在潘先生看来，戒烟与离婚一样，那是绝不可能的事情，但是他还是有理智地说："其实，生活中无损于健康的消遣、解闷办法很多，年轻人慎勿为这种嗜好所缠住。对于有了年纪戒不掉的，也无须好心地强人所难。"既然作为工作必需的"助手"，我们就不要过多地指责那些有着几十年"陋习"的吸烟者了。

于是，在主编《新中国文学词典》的那些日子里，潘先生基本上是烟不离手的，有人说那部词典是熏出来的，一点都不为过。由此我想到的是这部词典的编辑，现也已作古了的江苏文艺出版社的朱建华先生，那时他和我都住在锁金村，闲时他一抬脚便到我家来聊天，知道他嗜烟嗜酒，于是每每来时，我都是为之准备两包烟，二人对抽，客厅里总是烟雾缭绕；用大茶杯倒上一斤酒让他权当茶饮，给他花生米佐酒，他说无需，用烟下酒即可。他说他每天晚上工作到凌晨，看稿都是一大茶缸酒放置在书桌上，边呷边读。彼时，他早已编完我那本国家社科基金青年项目《中国乡土小说史论》，接手的任务正是编辑《新中国文学词典》，他大加赞赏潘旭澜先生的顶真和勤奋，敬佩之情溢于言表，当然，我也悟到朱是在表扬自己呢，因为他也是一个极其顶真和勤勉，且脾气古怪的人。我想，除了努力共同圆满地编好词典外，能够让他俩情投意合的纽带应该就是对烟酒的共同嗜好吧，当然还有性格脾气的吻合。朱建华嗜烟酒如命，虽最后也是死于烟酒，但是，就是这个"有癖"的编辑，经他手编辑的书籍却是鲜有差错的，这在江苏出版界是有口皆碑的，难怪潘先生屡屡夸赞和感激这个"老朱同志"呢。

我见过潘先生饮酒的次数并不多，那都是开会或答辩后的宴会上，先生酒量并不大，最多也就三四两白酒吧，却爱喝。记得那次在夫子庙的一家饭店吃饭，他边吃酒边与我们聊天，稍稍有些醉意，话便更多起来了，滔滔不绝，且不断点燃袅袅的香烟，全然不顾那舞台上串堂会的苏昆名曲的表演。我那时很敬畏这位师叔，并不敢说几句调侃的话，生怕他会发起脾气来。酒量不大，却爱喝酒者，大抵是性情中人，这个判断应该是不错的。据潘向黎说，潘先生的酒量的确一般，但喜欢喝，白酒、洋酒、黄酒都喝了不少，曾经因为肝疾禁了几年，痊愈后又以一位医生说"喝一点酒对心脏有好处"为借口而恢复小酌，在外面吃饭，在家请朋友吃饭都要饮酒，有时与章培恒先生在家喝洋酒，无菜，干喝——这倒是内行的喝法。到了晚年，主饮黄酒，一箱一箱地买进十年陈的黄酒，喝的却是饭后酒，每晚半瓶至一瓶，同样是无菜，倒是就陈皮搭酒，这种喝法不知是潘先生独创，还是有何来路。向黎说，饮后脸色会发暗红，步履微微踉跄，夜半，不顾家人反对，吞下两片安定，睡觉。

其实，潘先生骨子里是十分爱酒的，我想，这样一个有情趣的人，何能不恋酒呢？有文为证，在《寂寞雨花石》里，先生在谈及"吃书"时写道："要有一瓶 60 度白酒，那简直是宝中之宝。

舒筋活血且不说，借着酒意，歌吟'但愿长醉不复醒'，或呼啸'去留肝胆两昆仑'，不也可以解闷吗？真的醉了，来一通胡言乱语，或大哭大笑，也好让这小屋和四周有点生气。"由此我们看到的是或借酒消愁、或直抒胸臆、或散发扁舟的真性情的潘先生，无疑，酒是挥发人性情感的催化剂，它是表白饮者和醉汉心迹的媒介。我以为在潘先生许许多多的散文中，无论是直抒还是曲笔，其最好的注脚正是他在《若对青山谈世事——怀念朱东润先生》里所述的那样，"一个临大节而不夺的大学者，一个以'军人死于战场，教师终于教席'为信条的名教授，他的品格、学问、文章，已经结合成为知识分子的标尺"。此乃英雄酒胆之言矣。

福建人善饮茶是众人皆知的，我在潘先生的散文随笔里读到他喝茶聊天的细节，但他没有提及吃的是什么茶，倒是他的女儿潘向黎却成了茶道的专家。据向黎说，潘先生也嗜茶，主要喝的是家乡的铁观音，喜欢用紫砂小壶顶盖泡，且为酽酽地浓泡。我想，他饮茶不仅仅是延续家族的传统习惯，更重要的是，那茶是为与友人聊天而准备的美食，是为"吃书"而煲出的仙汤。只要有客人来，不论是长辈、平辈还是弟子们，他总是先泡一壶浓浓的铁观音，然后再坐下来谈。他的弟子中的好几位，比如李安东、王彬彬，都因为经常喝他亲手泡的铁观音，后来喝起了乌龙茶。

据向黎说，潘先生吃菜口味比较宽，什么菜系都可以吃，但偏爱肉食，口味偏重，但不吃辣，也不喜欢咸菜之类的非肉类的腌制品，那是因为小时候吃怕了，而最喜欢红烧肉、蹄髈、炸肉丸、猪肚、香酥鸭等"硬菜"，此乃最好的下酒菜也。对海鲜和蔬菜都无特别的偏爱。喜欢甜食。对崇尚清淡、讲究造型美观的食品不以为然。善吃中西合璧之食，早餐喜欢用优质面包夹黄油，晚年也经常用馒头夹黄油。先生去日本和中国台湾省讲学，对那里的美食颇有好感，但不能接受生鱼片。中年后装了全口假牙，所以什么都需要做得烂，颇影响口福，晚年胃纳差，经常面对餐桌叹息：没胃口，唉，几无生人之乐。

于是，我们看到的是一个烟酒茶俱全的潘先生，他在难中的嗜好也算是消愁与抒怀的一种生活方式吧。

那一年许志英带我和王彬彬，更准确地说，是王彬彬带路领我们一起去拜访章培恒先生。当然第一站就是去彬彬的导师潘先生家，虽说"多年的父子成兄弟"，多年的师生也是情同手足的，但是，仍然看得出彬彬在先生面前多少还是有点拘谨。许志英先生倒是大大方方地跷着二郎腿与潘先生抽烟说话，他对潘先生十分尊敬，他和我多次说过，无论如何，潘先生也是他的老师，他还在复旦大学中文系读书时，潘先生已经留校当助教了，虽然没有给他上过课，但是，执弟子礼的许志英却时常到他的宿舍里拜访和聊天。我们有一句没一句地聊天，从那一刻起，突然我就觉得这位师叔与我的距离拉近了，顿感亲近了许多。这样一个行状有趣的人，逐渐在我的记忆里鲜活起来了。

潘先生和我的老师曾华鹏先生同是1932年生人，但是他俩故去的时间却差了好几年。潘先生是2006年7月1日去世的，而他的同乡、同学和一生在精神上相濡以沫的挚友曾华鹏先生则是2013年1月27日离世的，也就是说，潘先生在另一个世界里等待他的老友又煎熬了近七年之久。如今他们在天堂里可以尽情放肆地聊天了，再也没有任何顾忌了，因为他们会合在永远是春天芳草依依的空间里，没有苦涩，没有生死，也就没有"虚无出世"，也就没有"落叶"，也就无所谓"祭奠"，"明天的芳草"是在布满了星辰的灿烂星空当中，那里没有高墙，也就不担心"隔墙有耳"了。

因为潘先生在其《〈咀嚼世味〉自序》中说："尽情歌哭，虚无出世，都不属于我。现在所能做的是，将咀嚼过的海水，吐出几星泡沫，算是为自己生命和大海潮汐的咏叹。如果这不过是比喻，那么，印在书里的文字，应当说不是用墨水写的。让它带着我的苦涩的虔诚，献给生者与死者，祭奠往日的落叶，祝福明天的芳草。"

《咀嚼世味》里最让我动容的一篇文章就是《五十年之约》，在西子湖畔，"曾华鹏、吴长辉和我，混凝土般的自由组合，徜徉于湖光山色之间，走走停停，指指点点，坐坐说说，从从容容品味'天堂'的妙谛。"其实年轻时代的那一年春游西湖，正是曾华鹏先生开始落难之时，哪有地上"天堂"的感觉呢？

"华鹏和我，在高中是上下班，读大学仍然是如此，只是曾一再合班上课。长辉读物理系，偏偏喜欢同我们两个中文系的一起吃饭，一年到头都是如此。我胃出血后需要到'病号食堂'吃面食，他们也设法弄张医生证明，一起去吃馒头。这样，可以在吃饭时间用闽南话来点'自由谈'解闷，既放心，又自在。读书杂感和学校里的事，想到什么就说什么，以至对别人虎皮、牛皮、洋相、吃相的描述，各尽欲言，同而不伪，和而不同，听而不知。从来不面红耳赤，不口是心非，不背后议论，更绝不打小报告。这种我想可以称为饭话会的活动，是尘嚣中的小小桃花源。有些个同学看不顺眼，什么'不合群'呀，什么'同乡观念'呀，什么'自由散漫'呀，唧唧喳喳。"的确，从这些言行来看，"福建帮"的痕迹可见一斑。没有这样的江湖相望，他们之间每一个人都会觉得孤独寂寞，这支撑他们艰难度过五十多年风风雨雨，让各自在心灵上都有着彼此的照应和关爱。这鼓浪屿一个星期的团聚，也许是他们友情见证的最后驿站，亦如潘先生在文章结尾中所言："五十年啊半世纪，一生就只有这么一个五十年，而本应云蒸霞蔚的年华，被命运的阴霾吞食殆尽。只留得，心底感情的磐石，任凭风吹雨打，固执地抱着大地，在聆听新世纪的潮声。"这番"寻梦"，虽然是抱着欣喜的心情来的，但是，在他们的心灵底片中留下的却是"苍老残破"的旧梦，唯有那坚如磐石的友情是长存于世的。

　　潘先生的一生遭受了许多精神和肉体上的磨难，每当人们一谈起他的时候，我的脑海里首先跳出的就是叶圣陶小说《潘先生在难中》这个题目的词句。他从小学一直读到大学，也从小学教师做到中学教师，再做到大学教授，他自己也说，这是同辈人当中绝无仅有的经历："一辈子像一粒沙子，在好些个学校滚来滚去。"尽管遭受了许多的磨难，但是他对做一个好教师的志向却是终生无悔的。

　　在自序式的文章《再来一次》中，潘先生将自己的一生都做了总结，他是及早地在清理自己的精神履历，他不能忘怀的是在凄风苦雨的日子里自己的特立独行思想，以及终生不悔的教师职责。"要是没有多多少少独立思想的个人，大地上岂不是太舆论一律、太清一色、太单调了吗？"从小的生活磨难，往往会让人磨炼出坚韧的性格，早年我就听叶子铭先生说过，从古到今，福建人的出路基本上就是两条：一条是读书做官，"学而优则仕"；另一条就是下南洋做生意，发财致富。的确，我发现福建人读书是十分用功的，成名者甚多，仅中国现当代文学专业就有几十个著名的学者纵横于文坛之上。无疑，潘旭澜先生就是其中的佼佼者之一。

进入复旦大学中文系学习和工作应该是潘先生的人生转折点，那既是先生知识积累的最好阶段，也是治学方法形成时期，更是世界观和价值观定位的岁月。半个世纪下来，他的学术著述和散文随笔创作都取得了很大的成就。于是，萦绕在我脑际多年的一个疑问就会迸发出来：在定位潘先生究竟是一位严谨的学者，还是一位激情澎湃的作家时，我很犹豫，读他的学术论文和他编写的文学词典，你感觉他是一个对每一个学术细节都十分严格认真探究的学人；而你在读他的散文随笔时，不但能够在历史的夹缝当中感觉到奔突而来的激情和思想熔岩，还能够享受到语言审美与文学修辞的趣味。他是一个有个性的学者，他也是一个有思想的作家，他更是一个有独立精神的人。

从我个人的学术兴趣和审美情趣来看，我似乎更加喜欢这位师叔的散文随笔，仅凭一部《太平杂说》，潘旭澜的散文随笔作品就可以入史了。作为一个学者，一个搞文学的人，他跨越了学科专业的界限，在重塑被历史遮蔽了的人物时，用血写了新的历史篇章。这样说也许有夸张之嫌，但是他之所以在学界和民间影响至深，皆因为他的许多历史观是超越了许多史学家的，而许多文学家也不可能如潘先生那样在青灯黄卷的条件下将冷板凳坐亮。于是，在跨界中寻觅到最能契合抒发自己情感和世界观的语言文字的表达，应该是潘先生最快乐的事情吧。当年我在写随笔《近代中国农民起义断想》之际，也正是潘先生写《太平杂说》的时候，当我看到潘先生陆陆续续发表的文章时，我不敢再写下去了，一是我的史料功底达不到先生的功力；二是价值观虽然相同，但是我思考的深度和高度与之相比有霄壤之别。其实对他这些散文随笔，曾华鹏先生早有中肯的评价。

在1995年12月20日的《光明日报》上，曾华鹏先生说："从潘旭澜的散文里不仅可以呼吸到馥郁的文化芳香，同时还能够感受到作者强烈跃动着的历史责任感。作为一个怀有人类良知而又历经磨难的知识分子，他不能不时常反思那逝去的噩梦般的时代，不能不关心祖国和人民的命运和前途。这种思考，这种关怀，常常洋溢于他的散文的字里行间；只不过它不借助空洞抽象的议论，而是通过具体、形象、生动的艺术描写来体现，使理性、情感和形象互相渗透与融合；而读者则从具体的艺术感受中作出自己的判断和思考。……个人酸甜苦辣的人生历程，能够昭示大地的时序移易，反映时代变化的风声云影，将它展示出来，可以让人们从中得到有益的启示，记取历史的教训，避免悲剧重演。潘旭澜艰难地跋涉于人生旅途，却始终以九死未悔的深情，执着地眷恋着祖国，关心着它的现在和未来，这种历史责任是弥足珍贵的。"这种知识分子的良知，成为潘先生散文随笔中的骨架，它肩扛和支撑着的是"闸门"还是"星空"呢?!

"这是一棵遭电殛的暮春的幼树，它没有丰盈的姿态，然而，挺立在大野，露出棱棱骨干，这里什么也不见，只见苦难，和苦难之余的向上的意志。"这便是曾华鹏先生用李健吾评论早逝的左联作家叶紫的断语来评价他的老友潘先生的散文随笔的，我认为曾华鹏先生之所以采摘了这种充满着凄美悲情的鲜花送给自己的挚友，一是对他们之间的友情用力甚深，二是曾先生从老友的人生镜像里看到了自己半个世纪的坎坷人生中的投影。共同的人生遭际，让他们不断地激励对方，砥砺前行。

潘先生是一个有风骨的学者和作家，但是，他的散文中还有儿女情长的柔情在。在《咀嚼世味》中，你可以看到他对父母兄弟情义的悲情描写，那种在苦难岁月里相濡以沫的情感深深地打动了我。而对妻子的愧疚心理的表达，表达出了一个真丈夫对家庭的责任感。对一双儿女的疼爱更是流淌在字里行间，在《小女儿的童话》和《各写各的》篇什中，几近溺爱与骄傲的文字涂抹在两个女儿的背影里，呈现着潘先生心底里最柔软的一面。其原因就在于他心里有一道永远过不去的坎，那就是他亏欠孩子太多了。据向黎说："因为他那代人小时候和青年时代都挨过饿，所以他对我们两个女儿在吃的方面特别纵容。只要家里有的东西，总是让我们想吃就吃，只要是外面买得到的，总是支持我们馋了就买。我们家在吃的方面投入一直比较多，我和我妹妹未嫁时经常要吃夜宵（笔者注：我在彬彬的文章中也读到过潘家次女向蓁两次催问吃夜宵的细节），两个人在厨房里忙，然后出来很开心地吃夜宵。我爸爸看见了，总是很开心，像欣赏什么艺术表演一样在旁边看。有时候会开玩笑：你们以后在婆家这样可不行啊。我们姐妹就嘻嘻哈哈地笑。"这样的笑容洋溢在潘先生的脸上能够成为永恒的定格吗？我们共同祈祷吧！

　　清明节就要到了，潘先生生前没有看见我写过他的片言只语，如今我写这篇文字不仅仅是为了祭奠先生，更是想献给潘先生和曾先生，让他俩在天堂里作为谈资，尽情地、毫无顾忌地聊天。我相信，他们在天堂里的笑声，我是一定能够听到的。

2018 年 3 月 19 日凌晨 1 时初稿于仙林依云溪谷
4 月 2 日 15 时改定于仙林大学城
原载《雨花》2018 年第 5 期

先生素描（六）

章培恒先生素描（上）

一位哲人说过："若要做圣贤，先要做豪杰！"然而，达到这样标准的人，恐怕在中国当代史上是鲜见的，只能说，在知识分子群里，无论是在逆境还是顺境中，尚有一批人还是坚守着做人的道德底线的，他们虽然没有慷慨赴死的豪言壮举，却也有着人格坚守的信仰，有此执火者，我们才能从黑夜中看到前行的微光。

或许，像章培恒先生那样的人，就是这样一群中的翘楚。一直想为先生写点文字，但是，总怕写不好，好在"山高水长"专栏为我提供了一个斗胆书写的平台，如有写得不到之处，尚祈复旦同仁们指教。

章培恒先生是 2011 年 6 月 7 日逝世的，岁月倥偬，时光翩跹，如今他已经离开我们七个年头了，但其音容笑貌时时萦绕在我的眼前，我常寻思，先生让我久久不能释怀的原因是什么呢？概括起来，皆为慕其性格使然，他的豪爽侠义、刚直不阿、独思异想和幽默风趣的秉性，让我逐渐走进他的心理世界。用一句俗话来说，章先生是一个不会装样装蒜的人，一个从来都不以大道理压人的人，一个不按常规套路出牌的人，一个充满着江湖义气的人，一个有着浪漫情愫的人，一个"有癖"的人，恰恰不是那种"纯粹的人"，所以，对其"高尚"与否的评判也就因人因时而异了，这样一个真实的，甚至有点乖张的人，却让我敬重一生。

与章培恒先生相识是在二十六年前的北京京西宾馆。那时的他一头卷曲的头发，不大的眼睛藏在金丝眼镜后面，有一种漫不经心的倦意，尤其是一坐在沙发里，便习惯地用手撑在面颊上，一副似睡未睡、似醒不醒的模样，俄而睁开眼睛看世界，也是冷冷的，让人觉得他是那种凡事得过且过、与世无争、冷若冰霜、无趣无味的人，似乎只能敬而远之。

二十世纪九十年代初的中文学科组成员如今已经有许多人作古了，与我有私交的前辈学者并不多，其中大多数人除了工作关系外，平时接触往来甚少，所以，只能记得他们在会上的种种言行（仅此也足以将那些年会上会下的花絮写成一部长篇小说），而对于他们在日常生活中的行状却并不了解。但是，章培恒先生就不同了，我们除了每年在各种会议上见面外，私下亦有交往，从陌生到熟悉，从有过节到心心相印，他的人格魅力深深地感动着我，其中有几件事情让我久久不能释怀。

初见章培恒先生，只见他金丝眼镜里眯缝着的眼睛常常呈扑朔迷离状，只有遇到特殊语境和突发事件时，他的眼睛里才会放出逼人的光芒来。记得那次中文学科讨论一批一级学科博士点时，一位分管司长坐镇中文学科组，传达了某大领导的旨意：因某省高校并校，须得优先照顾批准学科点。谁知话音刚落，就遭到中文学科组的一些老先生们毫不客气的反驳，章先生与另一位先生说：儿子还没有生，就先给房子，这是什么道理？！此时坐在章先生对面的我，突然看到先前还半倚半躺在大椅子里似乎还在打盹的他，兀地坐起身来，其困顿迷离的眼睛突然发出光来，逼仄而跻羧不羁地望过"巡抚大人"去，先徐后疾、先抑后扬地抨击了这种不合理的评审规章和现象。当年，在几百个学科组里，像中文学科组这样公开拒绝这种不合理的长官意志者，恐怕是绝无仅有的，也是空前绝后的吧。章先生们挺起胸膛做人的这一幕永远定格在我的脑海中，成为我日后在学术圈内和写作领域做人行事的一面镜子。作为一个学者，一个现代知识分子，"曲学阿世"是为人不齿的道理，虽然在这个时代已经鲜有倡扬，但是，做一个干干净净的学者，也是要有勇气的，尽量不弯曲自己的脊梁，谁都知道，有时讲真话也是要付出代价的，然而，骨气还是要有的：其骨，虽不能肩起那巨大的闸门，然仍须有担当；其气，即便是宛若游丝，却也要掷地有声。

我以为，认识章先生应该是命中注定的，因为他是我的老师曾华鹏先生在复旦大学中文系就读时的同学。二十世纪五十年代初，章先生与曾华鹏、范伯群、施昌东四位学生深得贾植芳先生的宠爱，贾先生经常与他们探讨学问并进行学术选题的指导，当这四位风华正茂的学子正在中国现当代文学研究领域纵横驰骋之时，一场突如其来的疾风暴雨式的运动将他们卷入了政治的旋涡。在波涛汹涌的风吹浪打里，各个人的表现却是不同的。我无意臧否故人，也同意那只是各个人不同的观念使然，但是，我更是从中看取一个人内在的思想品格和性格特质，无疑，章先生在狂风暴雨中突显出了一个知识分子的肩骨，虽然瘦小，还不足以扛起那扇巨大的闸门，但是，那种知识分子稀缺的"豪杰"气质却是令人敬佩的。

由于胡风集团案的牵连，章培恒先生在历史命运的汪洋大海里不得已改变了学术方向，1956年以后让他做蒋天枢教授的助教和学生，于是他就专攻中国古代文学去了。从此，中国现代文学痛失了一位有着卓然独立风格的先生，用章先生的话来说：我原来也是搞现代文学的！试想，倘若不是那场运动，章先生在中国现代文学的学术道路上会走多远呢？我深信，以先生的思想、才气、秉性、聪慧和气度，一定会成为中国现代文学领域里举大纛的领军人物，在晚年，其所独创的"古今演变"的二级学科是有大格局大气象的手笔。那年，当我们在复旦大学起草增设"古今演变"学科的报告时，就握笔凝思：与其说章先生打通古今之举是打破文学学科壁垒的大手笔，还不如说是先生完成了他一生对中国现当代文学始终不灭的情结。显然，那天章先生十分开心，他也破了因病不能喝酒的例，豪爽地饮了酒。

其实，章先生在上世纪五十年代已经开始参与了中国当代文学批评，这一点吴中杰先生在《失之东隅，收之桑榆——记章培恒兄》[1]中叙述得十分详细："一是《文艺报》和《人民日报》在1954年12月份发表了周扬在中国文联主席团和中国作协主席团扩大联席会议上的讲话《我们必须战斗》，这是全面批判胡风的信号，大家都在认真领会，仔细辨察，紧紧跟上，以免犯错误，而章培恒却不能同意周扬的无理批判，写了一篇反批评文章，投给

---

1 吴中杰：《失之东隅，收之桑榆——记章培恒兄》，《上海文学》，2005年第9期。

《人民日报》。《人民日报》当时大概还不想钓这种小鱼，所以文章没有发表，倒寄给他十块钱的退稿费。那时大学生一个月的伙食标准是十二元五角，这笔退稿费不能算少。章培恒把退稿费用掉了，但政治上却被挂上了一笔账。

"二是他还写过一篇文章，批评《文艺月报》上对于路翎小说《洼地上的战役》的批评。这篇文章没有投出去，但把内容告诉给老同学王幸祥。王幸祥很欣赏章培恒的见解，回到他工作的新文艺出版社之后，就把这事讲给社里的一位编辑听，这位编辑的革命警惕性很高，马上写了一篇《感情问题及其他》来批判这篇没有发表的文章，而且还以此为书名，赶出了一本书，并在附记中进行政治上纲。出版社又把这些材料转到复旦来，当然也成为章培恒的一条罪状。"

由此可见，章先生在介入中国当代文学时所具有的与众不同的独特眼光。我想，以章先生敏锐的洞察力和独特的思想，以及文学才华，他一定会是中国当代文学研究领域的一个卓越的批评家。

章先生似乎并不是那种须在自己研究领域里建构大理论框架的学者，因为他从来就没有将自己定位于大师的位置，但是，他的真知灼见却时常是振聋发聩的。从胡风案中挣脱出来以后，他师从蒋天枢先生治古典文学，吴中杰先生对其行状有着一段精彩的素描："仍旧'囚首垢面'而读诗书。那时他胡子不常刮，头发也不常理，属于鲁迅所说的'长毛党'一类，显得很老态，我们同辈青年教师戏称他为'章培老'，或'培老'，他也似应非应，一笑置之。"这种"囚首垢面"之行状仅仅是为了发奋读书吗？我却是从他的面目中看到了另外的深意。

　　章先生日后在古代文学领域里卓著的成就也许全仰赖1950年代中期大量阅读古典文献打下的扎实基础吧，但是，化创痛为奋发仅仅是表象，骨子里的那股豪气仍在，用在其学术研究上，固然气韵依旧也。倘若这个"囚首垢面"的"长毛党"驰骋于中国现当代文学的疆场上，那肯定会在中国文坛中主演一幕幕精彩的大剧，无论是悲剧或是喜剧，即便是像堂·吉诃德那样与风车作战的讽刺喜剧，也是会轰动震惊中国文学界的，当然也会载入史册的。命也，运也！天生英才必有用，章先生放在哪里都有用，就是做官还缺少那种逢迎的圆滑，亦如吴中杰先生所言，"不过，在我们这辈人中，人生道路是很难自己选择的。我曾对培恒兄说：'如果没有1955年的事，你大概会沿着总支书记、党委副书记这条阶梯一路上去，现在说不定当上什么大官了，但做不成学问，成不了学者。'他说：'这也未必。后来那么多的政治运动，凭我这种脾气，肯定不能过关，总有一次要跌跤的。如果1955年不跌倒，说不定以后会跌得更惨。'这话说得不无道理，看来，他也只能走学者这条路。"似乎是学者之路淹没了他政治上的"辉煌"，却拯救了他的生活之路，但是，他的精神之路却是一生未变的，骨子里的那一股豪气也是常在的。

　　那一年在扬州，传说曾华鹏先生要调回母校，我们将信将疑，也不敢问曾先生消息确实否，直到传言灰飞烟灭，才从曾先生嘴里知道上海的人事关系难办。这一点后来在吴中杰先生的《海上学人》一书中得到了印证，在其《失之东隅，收之桑榆——记章培恒兄》中，才知道这原来是章培恒先生在主政复旦大学中文系时学科建设的一盘大棋，"还有一次，章培恒忽然问我：'你与范伯群、曾华鹏关系怎么样，能相处吗？'我说：'他们是我师兄，关系一向很好。你有什么事？'他说：'我想把他们二位调到复旦来，再把你调到现代文学教研组，加上这个组原有的潘旭澜，你们四个人合作搞一个学科点，再培养几名青年教师，力量就很强了。'我一听，连声叫好，催他赶快办。培恒兄也是说干就干，但是事情却并不顺利，最后是卡在人事处，曾、范二位没有能调进来，这个计划又流产了。"窃以为，如果当时这个计划实现，不仅是复旦大学中文系文学学科的丰收，更重要的，我以为是圆了章先生青年时代的那个耿耿于怀的现代文学大梦，那么，复旦大学中文系不仅具有强大的中国古代文学（文献）学科，而且还将拥有一支当时在全国独占鳌头的中国现代文学学科队伍，可惜那时的人事制度不助复旦大学中文系也。但是，从这个动议之中，我们可以看出章先生在学科建设思路里显现出来的雄才大略、行事风格与气魄。

　　章先生是一个十分好玩有趣的人，同时也是一个十分严肃认真的人。一开始接触，你会有敬畏有余而亲近不易的感觉。一俟聊到兴之所至时，先生的幽默和风趣就会让你从他敞开的胸怀中，感到由衷的贴心、亲热。你看章先生是多么坦诚，多么接地气：他做学问、搞教育，从事文学鉴赏，均不端出一副做学问的面目和架子来。写文章，从不取高头讲章的方法；讲课演说，从不谈高大上的理论，总是在比喻的句式与话语里，从深入浅出的故事中说出深刻的哲理。比如他反对所谓"人类灵魂工程师"的说法，你看他演讲的题目就会在发笑中感悟到他的深刻，《我们反正是玩玩，得了愉快也就行了——关于文学鉴赏》："在好多场合我们会听到一个流行的说法，给作家、教师很高的评价——'人类灵魂的工程师'。据我所知，这个说法最早是斯大林提出的。但我想，这个说法本身就有点问题。人的'灵魂'或者'精神'本身就是灵动的，每一个人都应该有自己的个性。一个合理的社会、一种合理的教育制度，应该充分发挥人的个性，使人的个性不受限制地发展。这种所谓'人类灵魂的工程师'，那意思就是把人的灵魂看作是某个房子或者某个工程，可以随意对它进行设计和建造。因此这种说法在我看来是对于人的个性的一种压抑，试图把人纳入某种统一模式的一种说法。如果作家想作为'人类灵魂的工程师'对大家进行思想教育，那么这样的作品实际上是没有什么意义的。（掌声）"很有趣的是，章先生用堂·吉诃德作比喻，讽喻了那种"寓教于文"的观念："总的来说，我们是为了鉴赏而去读作品的，是为了愉快而去读作品的，我们不是为了接受教育，我们也讨厌那种把自己当作教育人的人去写作品的作家。而我们通过阅读感受到愉快以后，也许同时会对我们的现实生活起一点好的作用，使我们知道怎样做人。"[1] 这就是章先生富有个性的特立独行的体现，其实许多人都持有这样的观念，但是如此发表意见者甚少。"怎样做人"才是人文学科的价值核心内容，无此义项，

---

[1] 章培恒：《人文知识讲演·文学卷》，文化艺术出版社，2007年。

一切学术与创作皆枉然。

章先生所有的观点都是有内涵的，先生是熟读过马恩文艺理论著作的，他的文章常常汲取的是批判哲学的精华，而非那种将马克思理论庸俗化、实用化的见风使舵之论。在2017年"章培恒先生与中国文学研究"系列讲座里，邵毅平先生的"章培恒先生的中国文学研究与马克思主义"的摘要中说："章先生曾反复研读马克思、恩格斯的《资本论》《德意志意识形态》《1844年经济学—哲学手稿》《神圣家族》等经典著作，并将经典理论与文学史论述融为一体，这充分表现出章培恒先生对马克思经典著作的深刻领会。受其老师蒋天枢先生严守汉学规范、重视实证研究等学术方法的熏陶，章先生亦形成了无征不信、无征不立的治学态度，并完成了大量的考据文章，对后来之人产生很大影响。"无关"中马"还是"西马"，章先生所理解的马克思主义显然是与那种被歪曲了的马克思主义理论背道而驰的，因为他首先是把马克思主义的灵魂置放在人性高度上的，是置于人道主义的立场上的。

有人认为章培恒先生是一个持马克思主义理论的史学家和批评家，我以为先生所持的马克思主义的文学理论固然受到了二十世纪五十年代风潮的影响，但是他更多的是保有马克思主义理论方法中的核心内涵，即社会发展历史顺应人性的内涵，以及批判怀疑的价值立场。

俄国批评家别林斯基说过："我们的时代主要是历史的时代。我们的一切思想、一切问题和对于问题的答复，我们的一切活动，都是从历史土壤中，在历史土壤上发展起来的。人类早已经历过坚信无疑的时代；也许，人类会进入比他们以前经历过的更加坚信不疑的时代；可是，我们的时代，是认识、哲学精神、思考、'反省'的时代。问题——这便是我们时代最主要的东西。"[1] 看不到"问题"的时代，是一个违背了历史逻辑的时代，同时也是一个悲剧的时代，只有陷入哈姆雷特式的哲思诘问之中，人类人性才能够得以前行与发展：是生还是死？将是我们永远面临的人生难题，这也是文学的难题，人文学科知识分子的难题。

人非圣贤，但应有豪杰气。

望着这些远去大师的背影，在二十一世纪的以后八十年的日子里，我们守望什么呢？！

原载《雨花》2018 年第 6 期

---

[1] 别林斯基：《别林斯基选集（第五卷）》，辛未艾译，上海译文出版社，2005年，第503页。

先生素描（七）

章培恒先生素描（下）

其实，章先生让我更加敬佩的地方，是他品行当中的大度。遥想当年国务院学位办委托南京大学中文系对学科目录进行调整，在征得教育部同意后，学科组将中国古代文学和中国古代文献两个二级学科合并，此举不仅引起了南京大学中文系"两古"专业的诟病，更是引起了章先生的强烈反弹，介于当年讨论学科目录调整时大家认为是符合教育部缩减专业规模精神的，却没有考虑到传统特色专业的特殊需求，章先生麾下的古籍所当时是中国古典文献专业的重镇，拥有强将三十大员，首当其冲，却因我们的疏忽给他们的学科发展与人事安排带来了危机和困难，虽后来纠正了，大家还是心有愧疚。

在学科组会议上，章先生发脾气了，他慷慨陈词，无情地抨击了这种忽视重要的传统特色学科的做法，作为一个南大人，且又是学科组秘书，我战战兢兢地记录完了章先生的意见，提交给学位办，连续几天都不敢正眼去看先生。然而，最尴尬，也是最麻烦的事情被我遇上了，当学科组的许多文件需要每一个委员签字时，我思忖了半天还是不敢贸然上前请章先生面签。只见先生坐在大厅的沙发上打盹，我硬着头皮过去，轻轻地唤了一声"章先生"，他突然抬起头来，叫了我一声丁先生，顿时让我又惊又愧，惊的是前辈称呼晚辈"先生"出乎我意料，受宠若惊；愧的是我们多有冒犯先生之处，先生却对此事毫不介意，好像什么事情都没有发生过，仍然对我和颜悦色，与我谈笑风生。

再后来，我们为了学科的事情去请教章先生，由复旦大学中文系的老校友许志英先生出马，请复旦大学年轻的校友王彬彬带队，组成三人团队去拜访章先生，先生仍然高高兴兴地接待了我们，谈吐自如，得体大方，没有一丝前嫌过节之痕。想起这些往事，不由得让人敬佩章先生的胸襟和他大度的为人之道。

更让我不能承受心灵之重的是那次在复旦大学评议章先生增设"古今演变史"专业的会议上的一件小事，它让我一生都觉得亏欠先生太多太多了。那日我的回程火车票是下午三点多的，饭后我欲直接去车站，章先生非得在宾馆开了钟点房让我休息后再走，司机就在楼下等候。哪知道一个多小时后我下楼时，章先生居然带着一帮研究所的弟子在楼下咖啡厅里边喝咖啡边等着为我送行，顿时，我真的是蒙掉了，只觉得汗不敢出，无地自容，像我这样一个晚辈，何德何能，怎能经得起如此大礼？不要说我，平辈学者都经受不起，惊动一个拖着病体的前辈大师，这让我手足无措，心潮久久不能平静。每每回想起那感人的场景，我的脊梁骨上冒出的都是冷汗，再由冷汗变成了热汗与热泪。

的确，章先生是一个讲义气、重情谊的人，亦如吴中杰先生所言："章培恒是一个很重感情的人，杨西光、王零如此器重他，当然很使他感激。后来，在民间舆论对杨西光在复旦的整人行为和霸道作风多有谴责时，他却撰文赞扬杨西光的政绩，也确是他的真情实感。"没有这样的侠肝义胆的"江湖义气",也许知识分子的性格之中就会容易缺钙,生活中也会无趣。或许,坊间流传着章先生许多富有浪漫主义情愫的故事,并非件件靠谱,但是,我却从中看见了先生做人真的一面和敢于担当的气魄。敢于藐视世俗,特立独行是做人最宝贵的一种性格特质——无情未必大丈夫也!无此性情,就怕连学问都会做得无趣无味。让"此情可待成追忆"者并不见得就一定"高尚",而当时不惘然者也非道德的叛逆者,人性啊人性,你的名字叫弱者还是强者呢?

我不知道章培恒先生有无吸烟史,因为我自上世纪九十年代认识他起,就从未见过他抽过烟,但是先生饮酒的传说甚多,听闻先生有过不俗的酒量,以及饮酒时的趣闻逸事。不过,在我与章先生的多次同席当中,见过他喝酒,但是没有见到过他豪饮的场景,尤其是他患病以后,也就是呷几口黄酒红酒之类的酒而已,偶有举杯,也是少许。有权利见证章先生豪饮场面的人当然是复旦大学中文系的那些老同事了。

吴中杰先生对章先生的酒事则有一段精彩的描写:"章培恒很有豪情,喜欢喝酒,而且酒量不小,至少我从来没有看见他喝醉过。他在二十年前曾发表过一篇文章,说他酒渴难耐而身边缺钱,只能买七块钱一瓶的尖庄酒来解馋。以前我在曹雪芹研究资料里读到过'酒渴如狂'的描写,原以为这只是艺术家的夸张之辞,读了培恒兄的文章,才知道确有酒渴之事。我问他怎么养成喝酒习惯的,他说他祖母喜饮,在他幼小时就常用筷子蘸酒给他尝,再加上他父亲开有酒坊,取酒非常方便,所以他从小就能喝酒。

"改革开放以后,知识分子之间的交往渐多,大家一起喝酒的机会也就多了起来。二十世纪八十年代初,中山大学吴宏聪教授到上海开会,贾植芳先生、培恒兄和我一起请他在复旦招待食堂吃饭,已经喝过几瓶啤酒了,培恒兄又去买了两瓶加饭酒,宏聪先生不知绍兴老酒的后劲足,初尝之下,觉得度数不高,也就放胆大喝起来,不料喝得大醉,吐得一塌糊涂。他回广州之后,贾先生还写信去慰问,消息泄漏出去,被吴师母知道了,就把吴先生狠狠教训了一通。

"但培恒兄说,吴宏聪先生本来就不会喝酒,喝醉了没有什么稀奇,他最得意的是与何满子一起喝酒,何先生三次败阵,而何先生在文人学者中是以善饮闻名的。这一次也是吴宏聪先生来沪,章培恒请客,何满子先生等作陪,喝的是绍兴黄酒,这回宏聪先生有经验了,不敢多喝,何满子先生却喝得大醉。何先生不服气,说他是专喝白酒的,不能喝黄酒,所以醉了不能算数。第二次,他们喝的是竹叶青,何先生又不行。竹叶青是白酒,但有些甜味,何先生说,他是不喝甜味酒的,所以也不能算数。第三次是电视剧《三国演义》剧组请一些专家提意见,朱维铮带了一斤董酒,他们请何满子先生一起饭后小酌,董酒既是白酒,又无甜味,应该合何先生胃口的了,但何先生过来一看,说:你们怎么没有菜光喝酒?没有菜,我是不能喝酒的。这次是不战而屈人之兵,培恒兄洋洋自得。

"我的情况与培恒兄恰恰相反,我母亲自己不喝酒,也不让我喝酒,所以我从小没有酒量。培恒兄觉得我不会喝酒是一大缺点,他对青年教师说：'可惜吴中杰不会喝酒，他不能做江湖大侠。'他声言要培养我的酒量。而且倒真是实行起来，不断教我喝酒。有几次，已是深夜了，他忽然叫人打电话来，说外地某出版社有朋友来，要我过去商量出版计划，我过去一看，外地出版社朋友确是有好几位在座，不过不是商量什么出版计划，而是一起喝酒聊天。但无论他怎么培养，我的酒量仍旧毫无长进，这很使他失望。直到后来，培恒兄生病了，一喝酒就发病，所以只好戒酒，有时朋友聚会，他看着我们喝酒，自己只好喝清茶或矿泉水。我想，这要有相当的毅力，才能克制得住酒瘾，但也一定是很痛苦之事。不过他倒是坚持住了，做到了滴酒不沾。"

好一个"酒渴者"！好一个"江湖大侠"！只有在酒中才能寻觅到这样的豪杰情趣之语，倒也应了李太白的那个千古名句："古来圣贤皆寂寞，惟有饮者留其名。"我想，章先生喝酒的故事肯定很多，因为他的性格就决定了他是一个有豪情的人，吴中杰先生文中说到的中山大学的吴宏聪先生的确是不胜酒力者，二十世纪八十年代，我与吴先生喝过酒，他只能算作"酒外汉"，而江湖上盛传何满子先生是"酒仙"，想必他与章培恒先生喝酒时，肯定是不醉不归者。如今想来，我与章先生错过了好多次豪饮的机会，此乃终生遗憾，除了我在先生面前因敬畏而生的怯懦，皆是因为几次酒席上先生坐在那里既不出击，也不回避，不主动敬人酒，也不制止别人敬酒。倒是有两次在复旦开会（一次是"古今演变"学术讨论会，一次是为评审他新设置的"古今演变"学科），在饭后茶馆聊天时，他叫了红酒或洋酒，一口一口地慢慢品尝；记得有一次是那个撰写皇皇五卷《日本汉学史》的弟子李庆从日本回来，章先生很高兴，虽然已经病魔缠身，还是喝了酒的，可见其是将情谊置于高位的。

据潘向黎说，与他家为邻的章先生，时常和潘旭澜先生一起喝酒，且红黄白皆饮，啊，想起来了，章先生是绍兴人，爱黄酒是基因里就带来的酒因子。我想，白酒才是先生的最爱。"岑夫子，丹丘生，将进酒，杯莫停。与君歌一曲，请君为我侧耳听。钟鼓馔玉不足贵，但愿长醉不复醒。古来圣贤皆寂寞，惟有饮者留其名。陈王昔时宴平乐，斗酒十千恣欢谑。主人何为言少钱，径须沽取对君酌。五花马，千金裘，呼儿将出换美酒，与尔同销万古愁！"像这样的诗句才配得上先生的豪情与性格。若先生与我痛饮黄龙，不仅是为酒中趣事，更是精神的教诲。痛哉，快哉！幸焉，荣焉！

许多学者将章培恒先生的治学研究方法归于马克思主义的理论，窃以为，先生读书的那个时代流行的就是马列文论，每一个人都或多或少、有意识和无意识地受到了苏联文艺理论的熏陶，尤其是二十世纪五十年代后期毕达柯夫《文艺学引论》教材的影响。但是，历经多年的方法论的鉴别，正确地理解和汲取马克思主义理论的精华才是一个学者最宝贵之处。我以为，仅先生"文学的进步与人性的发展同步"的观点和"打通古今演变"的方法就是对马克思主义理论最大的汲取和运用，足以立足于学界百年，因为，人性与批判价值观形成的方法论就是马克思主义理论的精华；而所谓"现当代"是一个正在无限延长的一种时间段，它在中国文学史的长河里不断流淌，而非一个重新开掘的河流。所以，这也成为章先生后半生治古今文学史的一个独具慧眼的亮点。

当年，章先生和骆先生的文学史皇皇巨著出版时，引起了中国古代文学界的热烈讨论，无疑，他的治史观既得到了许多同仁的赞同，同时也受到了一些同仁的质疑，而现当代文学界却无发声，作为一个从事中国现当代文学的学人，我却是异常激赏先生的这两个相辅相成、相互支撑的有独到见地的观点，于是，便与傅元峰在2007年12月6日的《文汇读书周报》上以《激活文学史的经络——简评〈中国文学史新著〉》为题，发表了管窥之见，为了说清楚我们的观点，摘要如下："《新著》体现出一种全新的文学史建设意识。在《增订本序》中，编者阐释了其独特的编纂原则，即'文学的发展与人性的发展同步，文学内容的演进是通过形式的演进而体现出来的''尽可能地显示中国文学的前现代期所出现的与现代文学相通的成分及其历史渊源'。整体看来，全书较好地贯彻了这些写作原则。对'人性'与'形式'的双重关注，构成这部文学史的基本视点，影响了它的文学分期与文学性质的评判。《新著》将中国文学史分为'上古''中世''近世'三个阶段。基于人性与审美的文学性评判，每一阶段不同时期的文学状貌又体现出层次丰富的落差。对人性与个性的文化心理动因及内涵的分析，是《新著》对不同时期文学风格和审美品性进行描述和判断的前提。人性和个性因素构成该书恒定而内在的文学性线索，它与以往单纯以朝代和编年的庸俗时间为线索的文学史不同，体现出独特的史学品格。……对于中国现代文学来说，形成了

'中国文学'作为文学母体的收纳格局。在此格局之下，现代文学容易找到历史归属感，并在人性与审美的贯穿之下，回归到中国文学史的长编中去。这有望改变现代文学史区别于古代文学而存在的文学割据现实。长期以来，作为并列的二级学科，中国古代文学与中国现代文学之间形成了天然的学科壁垒，浑然一体的中国文学被断然分为古代和现代两个部分。中国文学史与中国现代文学史的写作也因此形成一个尴尬的接点，影响了两个学科的治史者对近代文学的学术指认。针对这种现状，《新著》体现出深刻的弥合意识，编者不仅仅在断代的意义上消除了这个学术盲区，而且也在内在的史学视角上进行了重大调整，向中国现代文学史抛出了一条人性发展的线索。正是由于人性视角的存在，编者能够发现一些文学考古者所不能发现的文学事实。以往中国文学史的写作，往往和中国文化史、社会变迁史相纠缠，文学考证和作家作品的发掘与阐释倾向于类型化和程式化，尽管理论支撑有所更新，但呈现的总体文学格局依然缺乏变化。《新著》尽力离开纷繁的文化史和社会史主线，搭建文学形式变化与人性发展相因的历史框架，这使它的文学审美意识和人性关怀比此前任何一部中国文学史都更浓郁。

"《新著》的学术意义绝不止于此。中国文学史，无论是古代文学史还是现代文学史，都有僵化的历史主义的求真思维模式。对于文学的专门史来说，这种一元的治史方式会损害文学存在的丰富性。在此学术背景下，《新著》体现的前沿史学观念弥足珍贵。它不仅改变并丰富了学界对中国古代、近代文学的认知，也在文学史学方面对中国现代文学学科领域有诸多启发。正如编者所意识到的那样,作为中国现代文学史断代的古今文学衔接期,现代文学研究者在文学的价值判断方面,有薄古厚今、去中趋西的心理定势。'五四'文学破立的'革命'特征本身具有历史功利主义的特色,《新著》作为一部文学史,形成了对现代文学基于人性和审美的召唤结构。

"这些都体现出文学史家独到的学术眼光,包含他们在文学史学方面的真知灼见。当下,中国文学史写作者的文学标准往往是缺席的,他们对作品的评判只能是从众的毫无学术个性的随声附和。《新著》编者有清醒的文学史观和明晰的文学评价标准,他们对文学伪经典'祛魅',并对被庸俗文学史遮蔽的文学存在有诸多令人振奋的发现。

"《新著》的文学认证有丰盈的人性内涵,记述文学经典有相对比较明朗的文学标准,审美的文学性原则从未缺席。在中国古代文学的学术生长和现代文学的历史归纳方面,《新著》体现出跨学科的学术魄力,提供了难得的对中国文学进行整体认知的路径。这两点决定了《新著》在文学史学研究领域的先锋特质。"

显然,章先生注意到了我们的这篇文章,随即打电话给我,请我们就此观点生发开来,再写一篇长文,先生的邀请让我诚惶诚恐,一是自知学识浅薄,害怕这种跨学科的文章写不好会被内行高手诟病;二是觉得尚需查证更多的史料来支撑我们的观点,要花费大量的工作量,一时难以成文,所以就暂时搁置下来了。孰料,没几日,先生又电话告知:已经请《文学评论》的主编胡明先生留下了版面，请务必操觚。那时候我正赴台湾东海大学讲学，百事缠身，由此就一拖再拖，每每想起，实在是愧对章先生和胡明先生了。这么多年来，时常想起这笔文债，寝食难安，让我对先生的厚爱感到深深的内疚。先生驾鹤七年，我们应该还这笔文债了，以此来告慰先生在天之灵。甚至这个题目也时时萦绕在脑际：《"古今演变"的治史观念对中国现代文学史格局重释的意义》，这是一个扬长避短的设计，我想，先生天上有知，应该会同意我们这个论断与写作路径的。

  章先生追悼会的举办日正值我在外出差，没有能够亲临现场送别，而他的几次追思会和纪念会我都没有去，就是想以文字的形式来表达我的哀思。我以为章先生肯定会对我笑着说：是，是，是。这样最好，这样最好。我也会假装幽默一把：章先生，您生前，我喊您章先生，您走后，我可叫您章大师啦。先生仍然会笑盈盈地说：不敢当，不敢当！

  同样，在2017年的纪念"章培恒先生与中国文学研究"系列讲座有这样一段海报摘要吸引了我：

  "陈寅恪先生在《赠蒋秉南序》中对自己的学术生涯进行了盖棺定论式的总结：'默念平生固未尝侮食自矜，曲学阿世，似可告慰友朋。'在陈述自己的为学大义之余，又以传统的临别赠序的方式寄托了当时已成为复旦大学知名教授的蒋天枢的殷切期许。可以告慰先生的是，他的治学精神在千里之外的复旦园，在蒋天枢这一代的学者及其后学中，得到了传承和发扬。从蒋天枢先生的言传身教中，我们可以感受到在二十世纪的艰难岁月里中国传统知识分子的优秀品质仍然薪火相传，如缕不绝。"

"侮食自矜，曲学阿世"之典生僻难解，据查，"侮食自矜"四字出自南齐王融《三月三日曲水诗序》："侮食来王，左言入侍。"《文选注》给这句下注解说："《汉书·匈奴传》曰：'壮者食肥美，老者食其余。'贵壮健，贱老弱也。"那么这里"侮食"有为觅食而屈膝受侮之意。

而"曲学阿世"的解释应为：曲：弯曲不直；阿：迎合；世：世俗。指歪曲自己的学术，以投世俗之好。例：《史记·儒林列传》："务正学以言，无曲学以阿世。"

陈寅恪先生对学生蒋天枢的评价如此之高，可见文人士子最讲究的就是气节风骨，即便是再迂腐，大节不亏，是为守正之本。代代相承，也是应有之义。蒋天枢先生又将这种风骨精神传给弟子章培恒，让其在复旦大学中文系里传承。想当年，章先生正是因为胡风案展示了自己的风骨，遭致打击，而"囚首垢面"的他躲进了蒋天枢先生的一统小楼里，并没有"管他春夏与秋冬"，后来的种种行状足以说明章先生未泯的豪情。因为种种原因，恕我不能细述。但是，也非如那个讲座海报中所说："中国传统知识分子的优秀品质仍然薪火相传，如缕不绝。"吾辈不禁悲从中来：俱往矣，数风流人物还看往昔。

从王国维到陈寅恪，从蒋天枢到章培恒，中国近代以来的知识分子从古代文人士子嬗变到现代知识分子，经历了多少风风雨雨，许多人在大浪淘沙中沉沦了、折戟了，而仅有极少数的人还在坚持着、肩扛着。因为他们相信未来。

俄国批评家别林斯基说过："我们的时代主要是历史的时代。我们的一切思想，一切问题和对于问题的答复，我们的一切活动，都是从历史土壤中，在历史土壤上发展起来的。人类早已经历过坚信无疑的时代；也许，人类会进入比他们以前经历过的更加坚信不疑的时代；可是，我们的时代，是认识、哲学精神、思考、'反省'的时代。问题——这便是我们时代最主要的东西。"[1]

章先生，您同意我的说法吗？我期待你仍然说出：是，是，是！

在这个暗夜里，我谨以此文悼念章先生，亦是渴望像先生这样的老一代知识分子陪伴我走过人生最后一段精神旅程。

2018年3月31日10时初稿于南京仙林大学城
4月5日清明时节夜雨中定稿于依云溪谷寓中
原载《雨花》2018年第7期

---

[1] 别林斯基：《别林斯基选集（第五卷）》，辛未艾译，上海译文出版社，2005年，第503页。

先生素描（八）

告别不了的"何老别"

——何西来先生素描

正在写这篇文章的时候，人民文学出版社《新文学史料》主编郭娟女士电告：人民文学出版社原社长、鲁迅研究专家和冯雪峰研究专家陈早春先生今晨逝世了。噩耗传来，不胜悲痛！也不禁感慨，身边的老一代知识分子一个个开始离世，我在思索一个时代的叩问：他们给我们留下了什么呢？

他们都是带着一段非同寻常的历史和故事离开了我们，想起二十世纪八十年代我追随叶子铭先生在人民文学出版社编纂《茅盾全集》的时候，与社里打交道最多的就是王仰晨先生、陈早春先生和张伯海先生了。他们对待工作的认真和严谨作风，让我一辈子感动和受用，同时他们具有独特个性的行事风格也给我留下了深刻的印象，在我的心中竖起了一个做人为文的标杆。像陈早春那样不畏强权、坚持真理的学者让我崇敬有加。

在北京，有两个让我终生忘不了的单位：一个是中国社会科学院文学研究所，另一个就是人民文学出版社。那里面的先生们的人品和学问深深地影响了我二十六岁以后的学术生涯。在唏嘘不已的悲痛中，我想为他们写下一点文字，不仅仅是寄托我的哀思，更重要的是，我要让我的学生们也了解到先辈学者在做人为文时的价值观念和始终如一的定力，千万不能让知识分子的人格在消费文化时代里消失殆尽。

因为许志英和徐兆淮的关系（他俩都是1978年前后从中国社科院文学研究所调回南京工作的），我与何西来先生认识得很早。那是上世纪八十年代初的一天，何西来风尘仆仆地从北京坐火车来到了南京，先到许志英先生家里落脚，许先生让兆淮和我一起到他家会合，不住声地嚷道："何老别来了，何老别来了！"一脸兴奋的样子，可见他们之间的友情是多么深厚了。我从平日许志英与徐兆淮的言谈之中获知，文学所经历了那场轰轰烈烈运动的许多中青年人都有绰号，我寻思，这个人的绰号怎么会叫"何老别"呢？后来才知道这个外号的来历，这在杜书瀛先生的悼念文章中已经说得很清楚了："'文革'开始时，咱们都受愚弄，分为两派，成为对头，你整我，我整你。开始我们这一派得势，张炯曾写过一篇批判你们的大字报，里面说的那个'个别别有用心的人'就是指你。憨厚的蒙古族同事仁钦·道尔吉汉语水平差点劲儿，总是念成'个别别'而迷惑不解，大家当成笑话，从此你就有了'何老别'的外号。"

还没有进许老师的家门，就听见屋里有朗朗的大笑声，进门一看，只见一位大汉端坐在小桌前吃着面条，其海碗如小脸盆般大，筷子挑起长长的面条，大口吞食，吸溜有声，连蠕动的喉结里发出的声响仿佛都是掷地有声，煞是豪气。认真端详，但见大汉浓眉大眼，二目炯炯有神，眼光咄咄逼人，眉间那道川字形皱纹，透出的是凛凛威风，初一见面让人顿生畏惧，我立马想到了一个电影演员的模样——中叔皇,英气之中的威严,让人肃然起敬。

用高大威猛、声如洪钟来形容一个儒雅的知识分子似乎不太合适,但是,当我历经四十年的人生沧桑之后,我顿悟到的是:我们的知识分子不正是缺少了何西来那样可以肩起闸门的身板骨吗?

其实何先生是一个十分和蔼可亲的人,谈吐诙谐幽默,性情随和,但是遇上大事却自有主张,是关中大汉中的标准偶像。常常听许志英和徐兆淮先生在聊天中谈及他们在上世纪六七十年代"策划于密室,串联于地下"的神秘故事,也是第一次知道了文学所"狄遐水"这个笔名的来历,知道了文学所那时候林林总总的许多趣闻逸事背后的人品表现,尤其是后期在"五七干校"发生的事情,在他们的眼中,那是一段不可磨灭的辉煌苦难的岁月。作为那时冲锋陷阵的领军人物,"何老别"同志的故事也是大家口中念念不忘的谈资,而与之交往并不深的人,似乎只能看到他严谨治学的一面,却看不到他那种刚勇坚毅的强大内心。

何西来先生的口才甚好,如果说声若洪钟,激情四射是其天生的基因条件所致,但更令人惊讶的是他那过目不忘的惊人记忆力,我想,这恐怕是后天读书训练所致吧。1985年我们在首期文学研究所和《文学评论》编辑部举办的进修班(俗称"黄埔一期")上,何西来先生口若悬河的演讲迷倒了许多学员,让许多人成了他的粉丝。说实话,今天看来,他当时的文学观念并不是很新,但让人念念不忘的是他那背诵大段大段古诗词和伟人名言语录的功夫和本领,可谓是出口成章,滔滔不绝。所谓"熟读唐诗三百首，不会作诗也会吟"，强调的就是童年记忆的重要性，而何西来五岁就入村塾发蒙，从小就受到了记忆功能的训练，其"童子功"让他在后来的读书生涯中受益匪浅。亦如老舍先生所云："只有'入口成章'，才能'开口成章'。"显然何西来的出口成章是从小到大入口成章训练而得，可惜吾辈只能望其项背，因为我们从小受到的文学教育更多的是那种教化式的理念灌输，大有吾生晚矣之憾。作家马步升这样描述他的讲课："先生博闻强识，授诗词鉴赏课从不看讲稿，从《诗经》《楚辞》到毛泽东诗词，仅记在我课堂笔记上的就多达六百多首。"是的，后来有许多人都听过他的课，让人牢牢记住的是他背诵的本领，却忽略了他文章的犀利与老辣。

何西来1958年毕业于西北大学中文系，留校任助教一年。1959—1963年就读于中国人民大学文艺理论研究班，师从何其芳。1963年研究生毕业即调入中国社会科学院文学研究所。曾任中国社会科学院文学研究所副所长、研究生院文学系主任、《文学评论》主编。主要著作有：《新时期文学思潮论》《文艺大趋势》《论艺术风格》《文学的理性与良知》《文格与人格》《探寻者的心踪》《新时期文学与道德》《横坑思缕》《艺文六品》《绝活的魅力》等。我不敢说何西来的文学理论和文学评论是中国二十世纪至二十一世纪初不可或缺的著述，但是，我可以这样下断言：他在某一时期的文学理论和文学评论著述是引领着中国文学朝着正确方向前行的航标灯，是拨乱反正的先锋，是倡扬改革的号角。仅一部《新时期文学思潮论》就影响着当时的许多理论家、评论家和作家的思想观念，这是可以入史的著述，虽然它还并不臻善至美，但是，它带着历史的年轮，成为文学思潮史上的一部典范之作。连作家王蒙也认为："他的热情、才华、学问永在人间。"

记得1986年为纪念新时期文学走过了十年，中国社科院文学研究所在北京国谊宾馆召开了"新时期文学十年研讨会"，原定八十多人的规模，哪知道后来竟涌来了四百多人，那是一次文学评论、文学理论、文学思潮、文学现象和文学作品研讨的盛会，作为文学所的副所长和《文学评论》的副主编，何西来天天钉在会议上，主管一切会务，正是由于他和所长刘再复先生的宽容，让那次会议开得生动活泼，让各种各样的观点释放出来，让各路"黑马"都奔腾呼啸而来。于是，那次会议便载入了史册，成为新时期以来许许多多思潮、现象和作品的滥觞。可以说，那时的"刘何搭档"成为文坛的佳话，让人久久怀念的是他们包容开放的胸怀和对文学的责任与担当。会上的许多花絮更值得我们去回味，那当是在另外的文章中交代了。

何西来去世后，刘再复先生撰写的挽联令人深思，其联除足以证明这对"黄金搭档"在当时的文坛上举足轻重的影响外，更说明了再复先生对何西来先生的倚重："华夏赤子，明之极，正之极。品学兼隆。满身侠骨顶天立。往矣往矣，痛哭西来兄竟永别远走。人文清光，诚亦最，真亦最。慧善双就。一腔热血照我行。惜哉惜哉，淘尽东流水犹难洗伤悲。"我认为，这副挽联虽然并不是很工，但是作者的心境却是表达得十分到位。

"光明正大"是对何西来先生人品的最高褒奖，文坛口碑极好的何西来先生一生之中给许多学人留下的第一印象就是他的刚直不阿的人品，许多人将其归于先生的性格特征，我却认为，这种性格是在知识分子经历了许多次大风大浪的考验后才得以大彻大悟的一种品性与良知，有了这样的人文底色，何愁不能唱出一曲士子铁板铜琶大江东去的壮歌呢？可惜吾辈之中，能有多少像他这样守护自身人文道德的洁癖者呢？当年文学所还有中国现代文学的大儒樊骏在，还有"狄遐水"在，我们还是能够从阴霾的天空中窥见一片云霓的。

"品学兼隆"就是说，只有具备一流人品的学者，才能拥有治学的本钱，才能获得"独立之精神，自由之意志"的学问境界，否则，你的知识积累再多也枉然，只能做一个书蠹而已。因为不能产生思想，没有思想的学者，如同行尸走肉。

"侠骨柔情"就是说：在治学的大节上，明志致远，对文坛的种种事件保持着自己独立的看法，尊崇着一个知识分子的法则和底线，敢于对非理性的文学和批评坚持着一种批判的态度，敢于仗义执言，有侠义风骨；在生活的小节上，对待他人和亲属，这个关中大汉却有着鲜为人知的柔情的另一面。

何西来先生在外乐观开朗，家中却有不幸的生活，因为女儿的病，这个关中大汉默默地暗自神伤了大半辈子，我亲眼见过许志英先生和他谈及家累时他说的那句话：我走了无所谓，就是放心不下女儿。说到这里，他的眼圈红了，晶莹的泪珠在眼眶里滚动……也是上世纪八十年代后期的一年，我们几个人先去了阳山碑材，看到千秋功罪的大明王朝朱棣的所作所为，慨叹人心的叵测。后来又去句容宝华寺，他静默在佛像前，双手合十，我想，他口口声声说自己是一个无神论者，而当内心的痛苦无法排解的时候，他也无奈地求助于菩萨了。

"真诚率直"就是说，作为一个在京的"陕西帮"的文学批评圈内人，他的真诚和率直感动过许许多多的陕西作家，在"陕军东征"中，他和雷达先生一直扮演着中坚人物的角色，对陕西作家作品的进步作出了很大的贡献，除了自己动手写评论文章外，还在各种场合中，为之鼓与呼。记得也是1986年的新时期十年研讨会结束的时候，一帮陕西的评论家乡党们在一起喝酒，当然也是祝贺何西来主持的这次会议圆满成功，那个时任《小说评论》主编、酷似鲁迅先生样貌的小老头王愚兴奋不已，一下就喝高了，不小心摔在地下，把脑袋磕碰破了，去医院缝了好几针，可把何西来先生吓得不轻。关中大汉与西安小老头都是性情中人，后者其父是大名鼎鼎的武昌起义的领袖人物王一山，我想，王愚父辈的事迹和故事被写进文学作品中已经是很多了，我们在《白鹿原》那样的作品中似乎也能找到王一山的身影。其子却也是一个真诚率直的汉子，虽然个头不像何西来先生那样高大威猛，却也是内心十分强大的真好汉。与何西来先生对我的教诲和帮助一样，王愚也是自《小说评论》创刊后一直扶持我学术成长的前辈批评家。我时常想，陕西的作家为什么如此被我另眼相看，其中最重要的原因就是秦人重气节，率直耿介，秦人的风骨就在于兹！

"慧善双就"就是用自己的智慧去行善积德。何西来先生晚年受邀加入了中国野生动物保护协会，作为资深会员，为保护野生动物呐喊助威！曾亲临自然保护区，考察野生动物保护，撰写了一些保护野生动物、关注生态环境的文章。我有一个亲戚L君是北京化工大学的老师，也是一个环境保护主义者，他得知我与何西来先生熟络，就让我介绍他们相识，后来我每次去北京，L君都对何西来先生的为人为文赞誉有加，他们一起为环境保护做了许多公益活动，用智慧和善良去面对世界，这也许就是何西来先生晚境的人生追求吧。

也许，我们的前辈知识分子永远活在他们过去的世界之中，他们纵有千千万万种不同的迂腐和执拗性格，也有少数的政治投机分子以出卖灵魂活着，但这毕竟是少数人，而在他们当中的大多数人身上，我们都能够看到这样一种品格：光明正大做人，认认真真办事。这就是作为后辈知识分子的我们应该汲取的人格养分。

何西来的追悼会我没有赶去北京，只因这些年来经受了太多前辈的离世，总是不能忍受去火葬场的那种精神痛苦的煎熬。我以为用文字来为他们送行应该是一个好的方式，这就是我为什么只为逝者撰文的缘由。

鲁迅在《为了忘却的记念》中说，"我在悲愤中沉静下去了，然而积习却从沉静中抬起头来，凑成了这样的几句……吟罢低眉无写处，月光如水照缁衣。"我又能写下什么来呢？

"何老别"，我们总是向你挥手告别，但是我们永远告别不了你！

2018年7月2日匆匆于南京仙林依云溪谷
原载于《雨花》2018年第8期

先生素描（九）

我的初中老师

我从小生性顽劣，成绩不佳，被大人们一再责骂诅咒：像你这样不好好学习的坏子，只能考光华门中学！果然，1964年我上初中，也就是光华门中学了。那是一所只有初中没有高中的学校，生源都是附近机关大院或学校工厂的子弟，大约也都是如我一样厌学的调皮捣蛋者居多吧。好在那个时代没有什么太强烈的择校愿望，有学上即可，盘算将来去读什么名牌大学的人并不很多，有个中专技校毕业也就将就了。多少年后，偶然与南大著名的社会学家周晓虹谈心，他说他也是光华门中学毕业的，晚我几届，他最近还专门为1978年的高考写了一篇感谢南京市光华门中学老师的文章，怀念他在光华门中学上学时的几位优秀的教师，没有他们的知识传授，他也绝不可能赶上当年的大学潮。我思考了许久，推断出了这样一个结论：之所以这种较差的学校里会聚集着一批业务水平较高的老师，大概因为1950年代以后许多知识分子由于种种原因被"下放"到这样的差校来，于是就给了我们这些差生有了与之结缘的机会。这春雨"润物细无声"的滋养，在我们无知顽劣的少年时代里毫无觉察，多少年后，当我们回首往事的时候，却是悔不当年，如今白了少年头。

校长陆甸元看起来温文尔雅，说起话来慢条斯理，内里却是一个固执己见的人，让人感觉似乎有点不怒而威的意思，让我们一帮初中生们有点生畏，课堂上骚动之时，一俟听说校长来了，也都鸦雀无声了。可是，当1966年来到时，铺天盖地的大字报首先揭发了他并非无产阶级出身，且有错误言行，其威风和颜面便一落千丈，斯文也就扫地了。当纸糊的高帽子戴在他的头上时，当几斤重的小黑板用一根细铁丝穿上挂在他的脖子上，颈后勒出血来时，当造反派的皮鞭高高举起的时候，看着一股殷红的鲜血从他头上流下来，我们在幸灾乐祸地狂欢的时候，心中是有波澜的，尚未发育成熟的心灵遭遇的是两种意识形态的冲撞：面对代表无产阶级专政和最高指示挥下的皮鞭，"红旗卷起农奴戟，黑手高悬霸主鞭"的革命造反精神势不可挡，况且，革命给我们带来的最大好处就是不用再囚禁在课堂这个牢笼中受着方方面面的规训了；另一方面是同情与怜悯的人性使我不忍看见他们被拷打和摧残，把他们作为"地富反坏右的五类分子"看待实在是有违人伦，但是那些年强烈的阶级斗争意识的灌输，将陆甸元这样对我们发号施令的人都视为走资本主义道路的"当权派"，视为无产阶级专政的对象，似乎又于心不忍。两种思想的交战和纠结让刚刚进入发蒙期的我们不知所以然，也不知如何然也。看着他在两个初三年级狠毒学生皮鞭下受煎熬时那哀怨黯淡和烦闷的眼光，我们的心情是极其复杂的。有一次上厕所，看到他已经有点佝偻的背影，旁若无人地在深坑里掏大粪的情景，不知为什么，我便掉头扬长而去了。

后来我们下乡插队去了，听说他也被下放了。再后来，他似乎又官复原职，二十世纪八十年代调到十五中去当校长了。不知道他的眼神里有没有往日的那种平和中的一丝锐利了。不过，那哀怨、黯淡和愤懑的目光却永远定格在我的脑海之中。作为我们少年时代的最高领导者的遭际，让我时时在遇到那些遭受过挫折的领导者后来各种各样的表现时，慨叹我国百年启蒙教育的大失败。穿过那个迷茫的时代，当我们垂垂老矣的身影与老一辈教育者更加苍老的面影成为叠印镜头在今天这个时代相交时，我们能够说些什么呢？我们在痛苦的经历中有没有汲取那个沉痛时代的历史教训呢？

我们的班主任老师叫须同芳，她是生物老师，是附近南京机床厂总工程师的太太，四十岁左右，个子不高，却十分精干，嘴唇下面有颗痣子，一口苏南普通话，在我们稚嫩的心目中，她讲起话来一套一套的，嬉笑怒骂，颐指气使，让人恐惧，当然，在其严肃的训话中还时常带有一点幽默诙谐的风趣，极富表演性，但是我们从不敢笑。那时我们班上连留带转来的同学竟有63人，记得有一次她拎出一个坐在后排高她两个头的大男生，当着全班人仰面训斥他："你啊，天天写检讨，你妈相信你，我可不相信你！你的话十句中九句半是不能听的，还有半句还要考虑考虑。"于是，我们就在背后嘲笑这位大男生是"半句话都靠不住"的人。那时候，每天最难熬的就是下午她来开班会训话了，她娇小的身影一出现在课堂门口，吵吵嚷嚷的教室里立马安静下来了，气氛立刻就从打闹嬉笑的欢乐一下跌落入了情绪低落的冰窟中，个个都像霜打的茄子一样蔫了。无论男生女生，无论听话的还是调皮捣蛋的，都一个个不情愿地恭恭敬敬地端坐起来，说实话，也不是惧怕她的严厉，倒是最恐惧她去家访或者是让同学带一封信给家长，这个撒手锏是最灵光的。我们当时背诵古代的三十六计，认为"借刀杀人"这一计显然是最狠毒的，所以这个计谋会被列为前三。

其实，更加狠毒的绝招是她第一次到班上来上任时的排座位，用的是"混战计"也：让一个男生和一个女生同坐一张课桌，这当然是一般的套路而已，也就罢了；但更绝的是，她采用了一种新的编排法，就是前排为一男一女，后排则必然就是一女一男，这种"夹花式"的交叉排座法，让我们在无可奈何中产生了一种怨恨。要知道，我们虽然是长在红旗下的一代"新中国的少年"，但封建思想是十分严重的，男女生之间是不说话的，显然，她是一个教育心理学的高手，如此安排，为的就是让大家在课堂上没有可能隔空交头接耳讲话，如此来维持课堂纪律，也真是绝了！上课不能讲话，俨然就是"侵犯了我们的交流权"，于是我们就只能开小差，作画的作画，看书的看书，最通行的地下活动就是把课本竖在面前，挡住老师的视线，头埋在书桌下偷看小说。记得有一次是上数学课，有个同学正在津津有味地埋头偷看红色经典小说《野火春风斗古城》，她来巡视课堂，见此情形，便蹑手蹑脚地从后门溜进课堂，轻轻地接近目标，走到这位还沉浸在欢乐和幸福之中的书迷身边，还沉着地停留了几秒钟，此时教室里的空气都凝固了，后排的同学个个张大了嘴，大气不敢出，静观事变。说时迟那时快，但见她忽地抽走了那本长篇小说，书迷本能地用双手去够回书籍,一看是她,便瞪圆了眼、张开了嘴,傻愣了半天都没有合拢嘴。这个特写镜头便永远定格在我教育生涯历史纪录片的长镜头中了。

那年学农,我们班去了高桥门的一个靠公路集镇的生产队,恰恰此时班主任须同芳请了病假,由那个才从外语学校毕业不久、且时常被我们拿来开涮的冯文清老师带队前往。哈哈,班主任痛苦之时,那就是我们广大调皮捣蛋学生欢欣鼓舞的盛大节日。我们在劳动休息时撑船划桨,在涵洞沟渠里捉小鱼,在劳动中撒欢逗强,晚上偷偷在被窝里吃零食,闹着要吃锅巴不要吃冷稀饭,晚上睡在四面透风、寒风凛冽的仓库里大声讲鬼故事,吓唬一席之间隔墙有耳的女生……正是由于班主任的缺席,我们放浪形骸地度过了那段难忘的秋冬之交的少年时光。

当时,其他班级纷纷首先揭发批斗的是班主任,与其他班级不同的是,恰恰是被我们最恨之入骨的班主任却安然无恙,毫发未损地度过了属于她的那个艰难岁月。毕业许多年后,班级每年聚会一次都是将她请为座上宾,担任主角,仿佛她还是我们的班主任一样,一直到她去世,逢场讲话,犹如还是当年开班会一般。从中,我们似乎可以测量到一种人性的力量,那种大于任何意识形态的东西,却似乎与奴性无关。

我们的外语老师就是前面说的冯文清。他的头颅硕大,鼻子大而挺,面皮略有些黝黑,说起话来一本正经,十分严肃,不苟言笑。越是这样,我们就越是发笑,便更不惧他了,认为他是在我们面前充老,于是背地里给他起了一个具有双关意思的"冯大头"的绰号，也有人喊他"冯大鼻子"，私下喊惯了，不经意传到他耳朵里，只见他眉头一蹙，稍显不快，一会儿也就过去了。自从他与我们下乡劳动一个多星期同吃、同睡、同劳动以后，我们与他说话更是肆无忌惮了，让他想发脾气也无从发起。每每上课提问时，我们就会装疯卖傻，有时公然在课堂上与之分庭抗礼，往往此时他的标准表情就是张口结舌，脸涨得通红，眼睛里闪着哀怨愤懑和无奈的目光。后来当我们重新读书要使用外语时，他那眼神就会浮现在我的眼前，后悔少不更事，枉费了学习外语的大好时光。但有一点却是我记忆深刻的，他在课堂上给我们讲解了英文老体圆头美术字的写法，于是乎，许多同学把蘸水笔头子剪平后，学习英文美术字，一时成为风尚。

那时，有人贴出了大字报，揭发他的父亲是国民党的高官，还在台北担任要职，于是乎，他也被弄进了劳改队，到了这个时候，我们就在心底为他愤愤不平了，好像是自家兄弟受了委屈那样痛心，再见面时，就是他的羞赧和我们的同情了。这就是一个勤勤恳恳的老实人在那个时代的遭遇。据说，后来他仍然在光华门中学任教，尽管之后学校几经合并和改制，上世纪七十年代改并为七中，最后又更名为行知中学，他却一直在这里工作。上世纪八十年代传闻他去了台湾省，后来一打听，他仍然原地未动。"冯大头"真是一个痴汉，我们一辈子不会忘记他那迂阔而始终不达理想的人生境遇，叩问苍天，是天有病，人知否呢，还是人有病，天知否呢？

我们的语文老师换过三个人，之前一个姓陆，一个姓江，皆是女性，也都是我们同班同学的母亲，碍于面子，我们都很平静恭敬地聆听她们的讲课，课堂上可谓波澜不惊，最多也就是死水微澜而已。倒是换了那位男老师以后，我们的语文课就生动起来了，准确地说，是闹腾起来了。

这个男语文老师姓王，似乎叫王敏翰，个子不高，整天是一副一本正经的面孔，不苟言笑。上课时总喜欢右手捏着书本，声情并茂地朗读课文，左手时而背在身后，时而垂在裤缝边，他往往不是站在讲台上讲课，而是喜欢在每一组课桌间穿梭巡游。他高声地朗读着课文，嘴唇不时地抿一下，尔后，牙齿轻轻下意识般地咬一下下嘴唇，顿生出一种妩媚，我们估计他是学过朗诵表演的，其轻重缓急、抑扬顿挫掌握得分寸有度，十分得体，极具表演性。不过就是不入我们的法眼，也许是我们当年混沌未开，少年气盛，也不懂得诵读之美学，只是凭着直觉，不喜欢他那种做派。最记得他在朗诵《梁生宝买稻种》（这是从柳青的《创业史》中节选出来的初中语文教科书的一篇课文）那课时的情形：他踱着四方步，缓缓地在行间穿梭游弋，"春雨刷刷地下着……"，诵读一遍下来，我们已经感到十分腻味了。于是，他就开始分析课文，说实在的，他当年把梁生宝用三根火柴就把一切琐事解决，在火车站票房里安睡下来的细节分析得的确十分到位，多少年以后，当我编写中学语文教材的时候，还念念不忘当时的分析场景。不过，他在分析周敦颐的《爱莲说》时却表现平平，云山雾罩，让人不得要领。以致一个女生在下课值班擦黑板时，有意写下了这样两句话：王老师爱莲说，说恋爱是老王。我们从反读的谐音中读得混沌初开，一脸惊讶。

最让人捧腹的是，他在朗读和讲析鲁迅先生的《从百草园到三味书屋》时，走动到我们课桌附近，正读着那句"还有斑蝥，倘若用手按住它的脊梁，便会啪的一声，从后窍喷出一阵烟雾"，突然，我们闻到了一股奇臭无比的味道，于是，"斑蝥"的绰号就因此广为流传了。少年时代自由天性的放纵往往成为成年后的忏悔，我们对不起自己的老师。但是，反之思考当今的教育，那时的放任与现在的教育相比，这种天性的释放难道不是人类教育史上最宝贵的教育元素吗？怀念王老师，不仅仅是怀念我们逝去的芳华，也是在怀念我们逝去的有些放任和放肆的少年时代宽松的教育环境。

我们的地理老师叫孟涛，我们喊他"老孟头"，他的年纪算是教师中最大的吧。他上课喜欢拿一根教鞭，那可不是用来做戒尺打学生的噢，因为他生性和蔼，永远都是一副嘻嘻哈哈菩萨似的笑脸，从来就没有见他红脸发火过，典型的好好先生。他每一次都带一两幅地图来，挂在黑板上，图说人文地理。大家喜欢他的课，并不是他课上得生动，而是他善于用许多风俗、风景和风情故事把世界和我国各地的地理形态勾画出来，让你有身临其境之感，他的口头禅就是：这个地方很美，我是去过的！所以，每当他一讲到精彩之处，我们就异口同声地齐声接茬道：这个地方很美，我是去过的！随即课堂上便爆发出一阵哄堂大笑声，他也不恼，尴尬地微微一笑而已。可是后来，他也戴上高帽，挂上了"国民党军官"的牌子。作为前朝残渣余孽的"老孟头"脸上灿烂的笑容就再也不见了，悲夫哀哉。

　　大家对历史课兼绘画课老师颇有好感，他的名字叫朱砚林，五官和身材俱佳，只是皮肤稍有点黝黑，他的讲课特点是不紧不慢，有时辅以动作，以增加趣味性。我当时就想，他这个名字是因为家里有如林的砚台就是书香门第吗？还是因为他就是一个为磨砚而生的儒林才子呢？我们佩服他的多才多艺，既教历史，还教绘画，他教会了我们临摹的技巧，更教诲了我们对待历史的客观态度。他讲近代史时，没有过多地讲义和团运动，反而是讲清军与八国联军的交战，他讲僧格林沁的马队，一批批冲进了敌阵，一批批地倒在了洋枪队的阵地前。他一边生动地描绘着，一边用手在头顶上盘旋挥舞着，作策马奔腾行状，于是就大大地激发了大家的爱国主义热忱。多少年后，当我在一部影片中看到了僧格林沁的马队在向洋枪队冲锋陷阵的镜头时，马上就想起了朱砚林老师在那堂课上的描述，几乎就像是他导演的一样。当然，当我读了大量近代史的资料以后，发现史实与当年他所接触的教材并不尽相同，但是，在那个年代里，一个初中的历史教师就能够持有如此这般的价值观，实属不易。他还兴致勃勃地和我们一起讨论《海瑞罢官》的社论，不仅出了"究竟有没有清官"的讨论题，还给我们述说为官之道的气节问题，让人难忘。可是不久他也被挂上了"历史反革命兼右派"的牌子了。

　　物理老师也是从学校刚刚毕业出来的青年教师，名字叫蓝红瑛，她的授课十分认真，备课笔记厚厚一摞，但就是让人提不起兴趣来，一气之下，我们就给她起了一个"蓝毛队长"的绰号，因为当时长篇小说《野火春风斗古城》风行一时，不仅广播电台播出了评书，而且电影也拍摄出来了。现在回想起来，学不好物理的原因甚多，不外乎就是这两点：一是当年我们厌学情绪较重，更不把这种副科当回事；二是对新老师不够尊重，造成课堂气氛紧张。据说我们的起哄和扰乱让她偷偷哭了好几回。蓝老师的"成分"应该没有什么问题吧，据说她是空军部队家属，后来就杳无音信了。我相信她经过几年的摔打，一定会是一个优秀教师的，因为她对自己的教学充满着敬业精神。我想，她也会淡忘当年那些调皮捣蛋的学生对她不恭敬的举止的，据说后来她调到六中执教去了。

数学老师曾经换过几茬，有丁振老师，还有让同学们记忆颇深的张秀梅老师，女同学回忆说："张秀梅教数学是有把刷子的，她讲话语速快，性子比较急。"而有个数学好的男生却这样形容她："她个子不太高，中等身材，四十岁左右，脸色白皙，短头发，烫过，双眼有神，薄嘴唇，说话时头微微上扬，不可一世的样子，语音清脆响亮。"而我怎么都回忆不起来她的形象，甚至名字都忘记了，反之，给我印象最深的却是另一位代课中年女性老师，当时还是教务主任，似乎名字叫赖以德，个子矮矮的，微胖，一口四川腔调，让人觉得十分奇特，尤其是那尾音总是拐弯的，回味无穷，勾起了我们少年的猎奇心理，让我们对四川方言有了无比的兴趣。她标准的四川方言惹得我们竞相模仿，尤其是她不断在课堂上大声地讲解数学题时，反复强调那个根号2的声调特别新鲜刺激，这就开启了我一生当中模仿的第一句四川话，"根号2"就成为我们的口头禅了。我们沉浸在这有趣、诙谐，且有绕梁意味的揶揄之中，加上当时流行的小品式电影《抓壮丁》的出现，王麻子生动的表演更加增添了我们对四川方言的浓厚兴趣，我们学四川话就有了赖老师这个活样板。有一次她在课堂上询问圆周率，我立马插嘴脱口报出了 3.14159265，于是就被同学起了一个"帕尔"的绰号。有人说她也是部队家属，但后来却是静悄悄地消失在我们的视线里，原来，她的夫君虽然是解放军，却留了一个原"国民党起义人员"的"尾巴"。

半个世纪过去了，少年时期的这些记忆片段往往像过电影一样在我脑海里翻腾，我们在那个动荡年代里，年龄段正是处于人生观和世界观不稳定的时期，所作所为往往是幼稚可笑的，甚至是荒诞不经的，却也是单纯的。在世界观和价值观都处于尚未塑造成型的懵懂期，一个好的初中教师对一个人的成长起着至关重要的作用，从这个意义上来说，我们应该向我们的初中老师们深深地鞠上一躬！且不说知识传授有多大的收获，就其对我们的宽容和大度，也让我们终身受益。

别了，我的少年时代；别了，我亲爱的老师们！我们会在天堂里再次相逢，那时我们还会伏拜你们的。

> 2018年7月6日南京至广州，广州至阿姆斯特丹
> 7月7日阿姆斯特丹至里约热内卢远程旅途中
> 7月10日凌晨修改于里约热内卢海滩雅高酒店
> 7月11日凌晨定稿于伊瓜苏大瀑布酒店
> 原载于《雨花》2018年第9期

先生素描（十）

乡村先生素描

我插队的地方就是二十世纪五六十年代流行的"革命+恋爱"电影《柳堡的故事》的拍摄地，一曲《九九艳阳天》至今还在浪漫地流淌于街市巷陌之中。

宝应县的行政区划现属苏中地区，但是位于里下河平原的北部，其"高宝湖"（高邮湖和宝应湖）就是汪曾祺《沙家浜》描写的背景地。其实，它的建县历史很悠久，距今已有两千二百多年，始名为东阳县、平安县，后改为安宜县，公元762年因献定国"八宝"于皇帝，唐肃宗便在上元三年（762年）改为宝应元年，并赐安宜县为宝应县。

可百年来的宝应县却是里下河水乡泽国水网地区最穷困的县之一，尤其是我们去插队的1968年，刚刚经历了三年困难时期，农民们为挣得一顿饱饭而拼命劳作，对于那种吃"公家饭"的人固然是羡慕不已的，如果能够在公社的供销社、粮管所之类的地方谋上一个临时工，那也算是光宗耀祖的事情了。再不然，哪怕就是能够在公社或大队的中小学里做一名代课教师，也是荣耀无比的，走过泥腿子人群时也是趾高气扬的。在这个有着尊师重教传统的地方，一律称老师为"先生"，我刚下乡时认为这是一种尚未开化的蒙昧行为，是没有进入现代文明教育的标志，直到我进入大学以后，人们将那些德高望重、学养深厚的老师尊称为"先生"的时候，我才悟到了乡土文化才是保存传统文明的最佳环境的道理。

我们生产队的大田在河南，过一座桥就是河北面的大队小学，除去大忙季节，上工和下工都无须队长敲钟吹哨，学校的铃声就是作息的信号。每天在田里劳作都可以听到琅琅的读书声，中午放工就能瞧见小学生放学的队伍风一样地奔上那座木板拱桥归家的身影，在各家炊烟中穿行，构成了乡间生机盎然的一道生活风景线。

其实，乡下的学生绝大多数都是些木讷听话的孩子，倒是教书的先生们有几多尊严和权威。

记得有个陈姓的老师尤其惹人注目，那油光水亮的二八分的头发每天都用刨花水梳得一丝不苟，远远望去，犹如一口漆黑的小锅扣在头上。他身着蓝色的中山装，走起路来，总是手背在后面，踱着四方步，肩上挎着一个半导体收音机，嘴里不停地哼着跑了调的革命现代京剧。在一个小小的大队小学里，他可算是一个大知识分子了，就因为他在上世纪六七十年代于曹甸中学念完了高一，他教小学高年级的数学、语文，还加体育课，也算是个全才教师了。据说他和上海知青学习，每天都把衣服叠得整整齐齐，压在枕头下面，第二天早晨还用饭盒装上滚烫的开水熨烫一遍，那裤子一定是要烫出一道笔直的缝来的。每每在教室门前庄严地一站，便撸起袖子，看一下他左手腕上的那只二十六枚大洋的老旧了的"钟山"牌手表，总是要注目近一分钟后才肯缓缓地放下手臂。要知道，那个时代手表乃是乡村文明尊贵地位的象征，且他十分谦和礼貌，逢到熟人便一口一个"侬个"（当地方言，您的意思），遇到相识的文化人和官员，都是要伸出右手进行较长时间的文明握手礼的，若是遇到初次相识的文化人，尤其是大城市来的知青，他就显得特别客气，也常常让上海知青回城探亲时给他代购一些时髦的东西，大抵都是衣物鞋袜之类的上海货。

学校就在供销社的代销店的侧后方，我每次去代销店买油盐酱醋时，就可以听到他上课的声音，我在门外老远的地方听着他那带着浓厚乡音的普通话，不禁暗暗地发笑，不过听惯了也就不觉得奇怪了。但是我最不能容忍的则是他那种自创的朗读效果，我曾亲耳聆听过他朗读那首毛主席诗词《水调歌头·游泳》的情形，至今想起来还是一身的鸡皮疙瘩。大概是因为要更好地表达出这首诗词的意境吧，他用了一种独特的节奏和语调来朗诵，其声调的轻重缓急、抑扬顿挫则是十分的拧巴，开头两句"才饮长江水，又食武昌鱼"犹如石破天惊，声嘶力竭的音响传出足有二里地，而"万里长江横渡，极目楚天舒"二句却突然像蚊子在哼哼，站在教室门口都听不清楚，下面亦复如此，显然，他是把词当作诗来断句的。用古汉语的五音来考察，他的前两句是最夸张的高音，再两句则是低回如蚊声的最低音，其中许多地方则是破了句的，他也浑然不顾，而最后结尾处倒正好是他放高音的时候，"神女应无恙，当今世界殊。"其尾音拖得奇长无比，那宝应里下河的口音简直就像一匹脱缰的野马一样冲出教室，响彻于云端之中，回荡在里下河平原的湖荡之中……他将"恙"字读成了"姜"，把"殊"字唱成了"珠"字，我之所以将最后一字说成唱，这本是念唱诗词的诀窍，并无大错。而他却是在无意识层面地吼吟，一个"殊"字本是阴平声调，被他吼成了仄声去声的"殊"，且无限地拉长音节，乃至于脸憋得通红，还挣扎着拖下去，拖下去……直至气若游丝。他郑重其事地告诉学生，这就是古代诗歌的唱诗，此说似乎也是有几分道理，只是他并不懂如何唱才是对的而已。多少年后，当我接触到这方面的知识后，一种既同情又怜悯的意识爬上了心头。在那个知识无用的时代里，一个小学代课教师那种追求知识和审美的精神，看似可笑，但在知识匮乏的年代里却是一种高尚的品质，我为自己当时的嘲笑而深深地忏悔。因为那个时候，我天天读唐诗三百首，也常常与本公社的一个知青唱和创作的五言、七言、五律和七律，虽然均是幼稚的模仿，但也是宣泄悲情的一种方式。自以为懂诗词，殊不知是一种浅薄。

社员们在大田里劳动，听到学生伢（当地方言读 xiá）子齐声跟读，那忽高忽低的诵读，飘忽于田野地头，让多为文盲的广大社员们以为是在上音乐课。尤其是那学生们带着错别字忽高忽低的齐声朗读，让我暗自喷饭，但是那个声音伴着田野里无垠菜花和麦浪翻滚的画面，久久回响印刻在我的脑畔，那个滑稽可笑的画外音犹如鲁迅先生在《从百草园到三味书屋》里描写的那样："……先生自己也念书。后来，我们的声音便低下去，静下去了，只有他还大声朗读着……我疑心这是极好的文章，因为读到这里，他总是微笑起来，而且将头仰起，摇着，向后拗过去，拗过去。"每每读到这篇名著的时候，那个陈先生的行状就会活灵活现地浮现在我的眼前，那形象不是长衫者，而是穿着笔挺的中山装和笔直的西裤的先生，二八分的发际下，那个伸长了青筋暴突的脖子和涨红了的面庞，就永远定格在我的脑海里，久久挥之不去。

小学里的所谓体育课，就是让孩子们玩上一堂课而已，至多就是做做广播体操，最奢华的体育课就是把那只破旧的篮球拿出来，让学生们抢着玩了。等大家玩了一阵以后，陈先生就会一声哨响，让大家列队看他投篮表演。那时大队没有固定的教育经费，就让队里的土木匠用几块烂棺材板拼成了一个十分不标准的篮板，到公社的农具厂打了一个铁箍钉上去当篮圈，再用一棵水杉树干做了篮柱，竖在教室前面的一小块操场上。每到此时，小学生们都睁大了眼睛看着先生表演球艺，包括那些才上五六年级却已经是十五六岁的半大伢子。于是，先生站在五米开外，采取的是"倒马桶"式的投篮方式，尽管如此，也只能十中两三个，一俟投中，学生们就一阵热烈的掌声。这球金贵，一般是不让学生们投篮的，时间长了，有些考取公社中学的学生回来后，带着篮球来这里投篮，竟然达到了十中五六，被陈先生在办公室的窗口看见后，脸就拉得很长。放学了，陈先生从办公室出来，往日的学生们都毕恭毕敬地喊他一声"陈先生"，他却未理睬，头也不回地扬长而去了。

陈先生病了，每每路过桥北，听到的是一个轻声细语的女声在朗读课文，语调里仍然夹杂着宝应方言腔调，却是柔曼多了，据说那是一个宝应县城里的女知青来做代课教师了。可是，听惯了陈先生那充满着激情的朗诵，没有了那种喧嚣和热闹，学校似乎有些沉闷与死寂，在大田里劳作的人们似乎也有些落寞，喃喃地说："陈先生的病不知什么时候会好呢。"我也以为，当陈先生那洪亮的声响窜入云端的时候，给那苦难寂静的时代带来的是一抹闪亮的活气。

二十世纪七十年代初，我被抽调到公社供销社去搞"一打三反"，在工作组里做秘书工作。那一年的经历真是一部长篇小说的绝好素材，各色人等都聚集在这个非城非乡的狭长的集镇里，每天都上演着一出出充满着百般世相的活剧，时时敲打着我灵魂里的钟。在这里，我只能截取公社中学的几幕场景进行描摹，试图还原那个时代的历史现场，笑也好，哭也罢，那都是读者诸君的权利。

公社中学就比大队中心校大多了，除了中学外，还附设了一个中心小学，所以操场上的篮球场矗立在一隅，也就让周遭显得十分空旷，那也就往往成为公社开万人大会的场地。篮球场也较标准，篮板、篮筐和篮柱基本是按照标准尺寸定制的，材料也比较考究，不仅篮板上了白漆，周边涂上了黑框，连场地上都画了石灰白线，真有一点像那么回事。闲时，我们往往约上一批知青去打球，人多打全场，人少就打半场。公社中学教师大约十几个人吧，其中只有一个兼职体育的先生会上三步篮，和我们一起打整场篮球是他最愉快的喜事，因为他从师范学校毕业以后就没有再打过一场球了。于是，篮球赛就成了公社所在地的一场盛大的体育狂欢节，不仅男女知青和中学生都来观看，连集镇上的年轻人都来观摩，甚至那些从乡下赶集交公粮和买东西路过操场的公社社员都驻足下来看个稀奇。尤其是那勾肩搭背、指手画脚、嘻嘻哈哈的女知青和"二妹子"（电影《柳堡的故事》中的主角，成为我们称呼宝应乡村女青年的指代词）们的出现，给球赛的场面平添了许多的热烈与激情，打球的队员个个生龙活虎，积极地拼抢，努力地投篮，谁也不愿下场让人替补。那简直就像是一次草原的那达慕、版纳的泼水节、苗乡的对歌节，我不知道这种在那时水乡集镇里的篮球赛是否具有现代意义的相亲意识，反正我就知道其中有些男女在此相会后，是找人提亲了的。但是，一出让人出乎意料的悲剧也就因此产生了。

那个会打球的中学教师并非本地人，他是地区师范学校毕业后分到这里当老师的，学历虽然不算高，但是，在一个偏远的水荡地区的公社中学里，那就算是一个大才了。据我所知，中学里只有一个被尊为"大学问"的语文教师原来是上世纪五十年代从师范学院毕业的，下放到这里的有些屈才，让他大有怀才不遇的感觉，鲜与人交往，但是当地的人们对他却是十二分地尊重，一口一个"大先生"，简直就是一个乡间的鲁迅先生。而那个会打篮球的中师生在公社中学年轻人里面是1964年从正规师范学校毕业的，已婚，老婆在县城的工厂做工人，有一个三四岁的孩子随母亲住在宝应县城里，一般情况下，他每个星期天回城一趟，倘若星期天我们有篮球赛，他就不回家了。

这位先生体型甚好，肌肉发达匀称，眼睛虽然不大，但是炯炯有神，五官基本端正，皮肤稍显黝黑。每每打球时，总是有一位漂亮的女教师为他拿着脱下来的衣服，中场休息时为他递上一杯茶水。起初我们以为是他的恋爱对象，后来才知道是同事，便莞尔一笑了之。

公社中学教师也是一个十分奇葩的群体，我在供销社经常和那些年轻的职工喝酒，酒酣之际，他们往往就是拿公社中学教师的趣闻逸事下酒，什么人与什么人"走小路"（意指不正当的男女关系），什么老师上课读了错别字，数学教师连算盘都不会打。最可笑的是，他们吃红烧肉的做法是我一生中闻所未闻的一种最奇特的烧制方法，这恐怕也是那个年代 AA 制的活标本，具有创新性的现代意义。其操作流程如下：在长时间的会议上经过周密的计划和讨论之后，大家达成共识，按照以下程序进行流水作业烧制：一、各人自行去供销社购买自己满意的猪肉，肥瘦自便；二、油盐酱糖和葱姜八角等佐料统一购买，经费按照各人所购买肉的分量进行分摊；三、为防止各人的肉错位，每人（或者与好友）必须将自己的猪肉用细绳串起来，做上记号，以免混淆；四、红烧肉的汤汁必须按照所购猪肉的斤两来分摊，其中购大肥膘者可多得一勺，缘由是肥肉出油多，被瘦肉吸进去不少。于是，一顿大餐这样搞成，皆大欢喜。这对于讲中国传统文化江湖义气者来说，是不可思议的事情，连穷困的乡下公社社员听了都直摇头，乡里农民哪家死了猪，都是用"抬石头""打平伙"的共产主义方式共同平摊，相当于"出份子钱"，哪见过这样小气的新新人类呢？毋庸置疑，那个会打篮球的先生的肉当然是与那位漂亮的女同事串在一起的了。

突然，有一天公社广播站里那个女广播员发布了公社革命委员会的紧急通知，让各个大队和公社各个机关单位组织广大人民群众于次日上午八时在公社中学大操场开万人大会。大家都在猜测出了什么大事。

　　那是一个艳阳高照的初冬农闲时节，人们像赶集一样拥进了中学大操场，连大堤上都站满了人，实在没有地方了，大家就站到了操场司令台背后的麦田里。乡间农民的生活单调，没有大戏，就权当这是一场热闹的戏剧。从中可以看出人性的弱点：喜欢看热闹、窥隐私，尤其是看杀场的性格嗜好全都暴露无遗。当公社书记一声令下："押上来！"人们便睁大眼睛望去，一批五花大绑的人被一批武装基干民兵用枪口顶上了土堆垒砌的司令台。这种场面在那个时代已经见怪不怪了，无非就是对"五类分子"进行一次杀鸡儆猴的惩治而已。但是转睛一看，倒是让我大吃一惊，那个当中学教师的球友也在其中，且是居中位置，旁边陪绑的竟然就是那位漂亮的女教师，只见她披头散发，低着头，让头发挡住了她那恐惧而清秀的面庞。

　　在人声鼎沸中，公社书记宣布了台上被缚者各人的罪行，当宣判到那位打篮球的教师的时候，大老粗的公社书记的话让我震撼，真的是受教了一辈子："你一个教书先生胆子也太大了，连'高压线'你都敢碰！"于是，下面又开始沸腾了，书记又不得不放大嗓门吼道："像这样的腐化堕落分子，你不打倒他，他就会七八天来一次。县革委会已经决定把他们押到县公检法去统一判刑。"下面又唧唧喳喳起来，都纷纷叫好，还数落着许多大队干部"走小路"的事情，嚷嚷着要把这些"腐化分子"统统抓起来枪毙。见此情形，公社书记立即宣布散会，只让大队书记和主任留下来到公社大礼堂开会。

人流簇拥着基干民兵押着他们上了大船，目送着远去帮船的帆影，恋恋不舍地离去，留下了没有看到杀场的遗憾而散去。

人都散尽了，我呆呆地伫立在篮球场上，仿佛又见到那黝黑的面庞下那双炯炯有神的眼睛，那猫着腰上三步篮的特别身姿，以及那个站在场边为他捧着衣裤的漂亮面庞和身影。

后来听说他被判了十年徒刑，老婆和他离了婚，孩子送到了远方的父母家中。其实，那个漂亮的女教师只是与一个当了兵的同大队邻居订了婚，并没有正式结婚，出了这档子事，这位军人自然就悔了婚约，据说后来他表现不错，穿上了四个口袋的军装，转业后在某市找了一个城里的姑娘。

再后来，当我要离开那片热土时，有人告诉我，这个漂亮的女教师一直没有再找对象，她一心要等那个老师归来。我当时真想去见这位女教师一面，最起码可以安慰一下她吧，可是我终于没有勇气。

1978年，我本想以此为题材写第二篇短篇小说的，可是因为第一篇《英子》在接到《北京文学》二审通知待发后，最终却又被主编毙了，灰心丧气后，就放弃了创作而转行评论工作。但是这个故事永远敲打着我的魂灵，让我久久不能释怀。

2018年8月3日初稿于赴锦州高铁上
8月14日改定于仙林依云溪谷
原载于《雨花》2018年第10期

先生素描（十一）

刘绍棠先生侧记

> 作为一个与刘绍棠先生有着一段交往的后辈学人，我试图从另一个侧面去客观中性地看待和总结这位我尊敬的作家先生的个性和作品，抑或能够从一个前辈作家一生的人格与创作中悟出一些性格与作家创作的道理来，以及性格与作家的命运的关联性。
>
> 于是，我写下了这种"非评论""非虚构"似的文字，以告慰刘绍棠先生的在天之灵。
>
> ——题记

刘绍棠先生逝世已经二十一年了，一直想写一点纪念的文字，却又一直由于自己懒惰而没有成文。前些天整理书信时，偶尔看到两三封在历次搬家中尚未遗失的他的信札。看着那用平头钢笔写就的粗大刚劲的笔迹，眼前立马就勾勒出了他那自负而坚毅的大脸庞和他那魁梧稳健的身材。那张赠予我的泛黄了的照片，是坐在他家乡大运河畔儒林村河边船上拍摄的，显然，拍摄者技术太差，模糊的面影和姿态在逆光拍摄下显得苍老而臃肿，但睹物思人，便让我想起了1980年代与他交往的点点滴滴。

因为从1978年开始，我就把自己的学术方向定位于"五四"以后的中国乡土小说领域，一方面倾心于1920年代以鲁迅先生开创的中国乡土小说"黄金时代"的作家作品研究,另一方面,也热切地关注1949年以后中国作家的乡土小说创作历程,尤其是跟踪1980年代再次兴起的乡土小说作家和作品,我把这个时代的创作称作是中国文学的"白银时代",那时我不仅关注像贾平凹这样的同龄人,同时也把视线集中到一批"归来者"的"五七战士"身上,所以,刘绍棠便成为我首先纳入研究视野的对象之一。说实话,任何一个评论家,尤其是初期涉足文坛的年轻评论家都会对自己的研究对象产生一种崇敬的心理,当然这也与那个时代对作家的崇拜风尚是分不开的。我选择刘绍棠作为研究对象,起初就是敬佩这个"神童"作家的才华,连孙犁那样有才华的老前辈都推崇他,我一个后辈的文学工作者又有什么理由不去敬仰这个文坛上"哪吒"式的神人呢?

　　他十岁就开始写作,十三岁就正式发表作品,所以,我在一篇评论文章的开头就写道:"这个在新中国五星红旗升起时出现的文学新星,与祖国一起经历了多少次痛苦的磨难,他在艺术的道路上追求、探索、闯荡、迷惘……历经酸甜苦辣,终于又踏上了光明的坦途。"

　　1949年10月,刘绍棠这个"头顶着高粱花儿,脚踩着黄泥巴"的少年,带着新中国翻身农民的喜悦和欢乐激情,一头闯开了文学的大门,为新中国文坛带来了乡野的晨露,吹进了新鲜的空气,像"青枝绿叶"的嫩苗,他的作品充满着青春的活力和泥土的温馨芬芳,显示出顽强的生命力。虽然这些作品还脱不掉那种孩子气的幼稚,但是人们都用惊讶感叹的神情注视着这个来自运河滩上的"神童",甚至似乎还有点不敢相信他的才华;随着《山楂树的歌声》《运河的桨声》《夏天》《私访记》《中秋节》等中短篇小说集的问世,人们不得不为这位少年所具有的独特艺术才华而折服。可是"天有不测风云",1957年他落入了生活的底层,如同一朵凋谢的花朵,从此销声匿迹。但用辩证的眼光来看,扩大化了的"反右"斗争和"十年浩劫"反而成就了这个生活功底尚不够深厚扎实的年轻作家,他付出了三十年的时间代价去体验生活,拼命地吮吸着大地母亲给予他的丰富营养。土里刨食,这对于一个农村作家来说,是值得庆幸和欣慰的。动荡的生活不但使他更深刻地认识了包孕丰富社会内容的大千世界,亦更使他认识了艺术的真谛,当文艺界"双百"方针得以真正贯彻的时候,他为自己丰厚的生活积累找到了喷发的火山口。

这颗冉冉升起的新星,成为新中国乡土小说年轻一代的代表人物之一。1981年我通读了他的全部作品以后,便在年底着手撰写论文《试论刘绍棠近年来作品的美学追求》,于1982年1月8日完成初稿,文章在《文学评论》1982年第2期上发表以后,就转来了刘绍棠先生给我写来的第一通信札,当时,我看着他那苍劲有力的笔迹,十分感动。接着我又在《钟山》杂志1983年第2期上发表了《刘绍棠作品民族风格雏论》,于是,我们的通信就逐渐多了起来。

无疑,让这个神童作家产生骄息傲气的原因很简单,共和国成立的1949年10月,他就在《北京青年报》上发表了处女作《邰宝林变了》,1950年一年内,他就写出了二十多个短篇小说,在多家刊物上刊登后，立马开始走红。

1951年2月，刘绍棠初中还没有毕业就被借调到河北省文联，在《河北文艺》当上了编辑。1951年9月，又被作协保送到通州潞河中学读高中。9月16日，刘绍棠的《完秋》在孙犁主编的《天津日报·文艺周刊》上发表，受到了孙犁先生的赏识，并因此成为孙犁的"得意门生"。他在高中期间发表的《红花》《青枝绿叶》等作品，为他赢得了一片赞誉。其中，因1952年发表的小说《红花》在全国青年中反响强烈，引起了团中央对他的关注与重点培养。当时的团中央领导开始注意到了这个少年才俊，并礼贤下士地与之交往，鼓励他去东北体验生活。随着小说《青枝绿叶》的发表，他的声誉日隆，这部作品竟然被叶圣陶先生编入了高二的语文课本。有这样好的机缘和这么多大师的关爱，有谁能够抵挡住这样巨大荣誉的诱惑和"攻击"呢？这能不让一个天才少年轻狂吗！

刘绍棠于1954年进入北京大学中文系学习，这期间他崇拜的是苏联作家肖洛霍夫的作品，我猜想，他是试图想写出中国式的《静静的顿河》那样气势磅礴的巨制来的。也许是创作带来的荣誉的巨大诱惑，也许是对北大中文系所开设的课程毫无兴趣，他自认为这些东西对他的小说创作并无多大的帮助，一年后便正式从北大退学，开始了他的第一部长篇小说《运河的桨声》的创作。殊不知，文学理论基础看似对创作没有太大的直接作用，但是，作为一种隐形的文化素养的提高，一种对世界认知的提升，却是很有帮助的，那是一种潜在的、长期的积累效应，却是从事文学的人必不可少的素养。

我常常作这样的推测：北京大学中文系当时传出的"中文系不是培养作家的"训导之言，和刘绍棠这个骄子的行为举止是否有着内在的关联呢？双方的意气用事，带来的结果又是什么呢？理论与实践的脱节，只能造成作家队伍素质的下降，七十年来的经验教训又有谁能够看得清楚呢？

许许多多的荣誉像洪水一样涌来，让少年刘绍棠有了一种腾云驾雾之感，1956年3月，他出席了全国青年创作会议，并经由康濯和秦兆阳介绍加入了中国作家协会，成为当时中国作协最年轻的会员。同年4月，经团中央批准，他又成为专业创作作家。高高在上，万人瞩目，当然会使其昏昏然，他认为自己是可以在文坛上跺跺脚的人物了，所以开始指点江山，激扬文字了。

1956年至1957年，刘绍棠因发表论文《我对当前文艺问题的一些浅见》《现实主义在社会主义时代的发展》以及小说《田野落霞》《西苑草》等，于1958年3月被判定为"右派"分子，遭到了铺天盖地的点名批判。

早在"反右"前夕的1956年春天，在全国青年创作会议上，刘绍棠的一些不当发言就引起了争议，许多人开始批评刘绍棠了，我以为许多人打压他是因为他得志便轻狂的个性违背了常人看来的做人的传统道德原则，口诛笔伐当然就成为理所当然的常态。那时幸亏有开明的领导拒绝了团中央对他的处分要求，并亲自找刘绍棠谈话。但是到了1957年春天，刘绍棠发表的那几篇肯定是大不敬之文，谁都无法对他进行庇护了，因为形势发生了根本的变化，这条小蛇的出洞，自然就成了众矢之的。

如果说那两篇文章有多么雄厚的理论基础倒是未必，但是其观点却够大胆的，我总是在想，这六十年前的两篇理论文章和几篇文学作品的写作动机所在，最后只能推测到是他高傲的性格使然。刘绍棠先生是想乘着那个时代"大鸣大放的东风"提出一个新的理论见解，其几篇作品既是其形象化的注释，其真正的目的就是认为新中国的文学应该重新自他这样的作家开始，正如胡风的《时间开始了》一样，新的中国文学从他们开始，旧的文学口号和理论已经过时，这就是轻狂带来的后果，同时也是理论水平不足带来的命运悲剧，但是，我佩服这个轻狂少年的勇气，初生牛犊不怕虎，历史自有公论。

显然，那些历经百战的文坛老将们早就转向了正确的政治气息，他的那几篇激扬文字遭到了郭沫若、茅盾、周扬等文艺界领导的严厉批判，那轻狂的少年获得的荣誉立马就成了一抔粪土。我至今无法想象当时才刚刚步入青年门槛的刘绍棠的心境又是如何的呢。

"反右"斗争后，他被剥夺了写作的权利，无法再发表作品，被迫"下放"。一个从云端跌落下来的"神童"，何以能够经受得住这样的打击，在那二十多年期间，他幸运地回到故乡儒林村，在乡亲们的庇护下，他不仅免受了许多同类人经受的那种肉体和精神的折磨，同时也躲过了此后十年这一文化的浩劫。

1979年他终于得到彻底平反，重返文坛后，他又回到北京。从这一年起，他先后担任中国作协北京分会常务理事、《北京文学》编委、中国作协理事、《中国乡土小说》丛刊主编等职务。这不仅仅是身躯的归来，更是荣誉的"归来者"。于是，中年后的刘绍棠先生能够放弃年轻时的轻狂吗？

说实话，对于这个"归来者""娘打孩子"的理论，我当时就不以为然，认为此论的确是一种违背了人的基本人性的观点，其遭致许多人的诟病也是料想之中的事情，但是，这种情结，是发自内心的呢，还是他在二十多年的磨难之中几乎没有经受太大的精神打击和肉体创伤的结果呢？抑或复出后更优渥的政治待遇和经济补偿让他放弃了说真话的权利？这一切，我们不得而知，只有叩问苍天，叩问绍棠先生的在天之灵了。

毋庸置疑，1980年6月发表的《蒲柳人家》再次引起广泛反响，成了刘绍棠新时期创作的一个转折点，一个标志性的成果。所以，当我读了这篇小说的时候，觉得这是共和国乡土文学带有普遍意义的一个转型标志，它与占主流位置的"山药蛋派"更加疏离了，也和他早年投奔的"荷花淀派"拉开了距离。是有着乡土文学美学贡献的作品。

1980年代是中国二十世纪文学开放的第二个"黄金时代"，也正是中国乡土小说创作"百花齐放"的岁月，作为一个身披着光环和鲜花的乡土小说"归来者"，他的作品受到瞩目是理所当然的。本来他可以一发而不可收，创作出更多更好的佳作与鸿篇巨制，但是，许多虚职和事务羁绊着他，许多荣誉包围着他，让他失去了最宝贵的创作时机，浪费了积累了二十多年的大好创作素材。中年早逝，是刘绍棠先生给文学史留下的一个无限遗憾的感叹号。

1985年,刘绍棠受丁玲之邀请担任了《中国》杂志副主编。显然,当年丁玲创办的"一本书主义"的文讲所,对那少年时代的刘绍棠是具有多么大的吸引力啊,这个情结一直带到几十年后,两个惺惺相惜者的个性又一次在时间的交汇点上相遇,这是刘绍棠的幸,还是不幸呢?

也正是在这样一个时间节点上,我与刘绍棠先生相遇了,并且在通信两年后在北京见面了。

由于我1984年住进了北京朝内大街166号人民文学出版社,参与叶子铭先生主编的《茅盾全集》的编辑工作,每每逢到节假日,总想溜达到府右街光明胡同45号去拜会我的作家偶像刘绍棠先生。终于有一天我忍不住了,便鼓起勇气,像豹子头林冲闯白虎堂那样去了光明胡同。

那是一座位于北京市中心的半四合院式的房子,据说是刘绍棠与曾彩美结婚后所购,那时家里住房太紧,年轻的夫妻没有房子住,就在朋友们的撮合下,于1957年夏天在西城买了这府右街光明胡同45号的房子。尽管那时的房价不贵,但在工资制时代里,能够买得起房子的人又有几个呢,尤其是年轻人,更是做梦都不敢想象的事情,但是,稿费多多的刘绍棠就能够买得起啊,难怪那时相传着刘绍棠要为万元稿费而奋斗的流言。虽然买到新房后他只住了半年就暂时离开了这个居所,但是这"暂时"也太长久了,此后的二十年他四处漂泊,最后下放回到了故乡,直到1979年他才重回故里,但毕竟是最先阔起来买房的新中国作家,可见丁玲对徐光耀所说的有名有利的"一本书主义"的观点，对几代作家的影响有多么大啊，如果说，那时候这种思想是被视为资产阶级的名利思想，而如今则是正大光明的写作动机。时代在进步，这里面有无些许现代消费主义的弊端呢？我们可能就要借助于辩证唯物主义的方法来加以判断了。

记得第一次去闯他家时，就遇到了一场尴尬。

敲开院门，只见绍棠先生提着一双筷子，像是正在吃饭的样子，待我通报了姓名以后，先生倒是脸上浮起了笑容，寒暄了几句以后，把我引进了客厅的椅子上。路过院子时，又见两位书生一样的中年人坐在院中的小板凳上，我讶异地看着他们，绍棠先生说，这是某某高校为做刘绍棠资料而来采访的老师，一边说着，一边把我让进客厅里坐下，便兀自掉头进了饭厅，并带上了门，用饭去了，让我们枯坐在房里、房外。

我心里不断地犯嘀咕，怪自己来得不是时候，但哪知道星期天许多北京人家也和公家食堂一样，只开两顿伙。即便如此，也不应该有一杯茶都不倒，一句客气话都不说，就扬长而去，独自与家人用餐去了的道理。再看院里的那两位，他们坐在小板凳上交头接耳，嘀嘀咕咕，不知在窃窃私语着什么。我同他们不熟悉，一时便相互尴尬地斜睨着对方，他们当然也不知道我是谁，就这么耗着，真的是如坐针毡，时间过得真慢，墙上的挂钟一秒一秒地爬着，我们都是在度秒如年中煎熬着。大约二十分钟后，还没见绍棠先生出来，他俩终于站了起来，和我打了个招呼说，请你和刘绍棠老师说一下，我们还有事情，就先走一步了。我虽然连连点头，心里却暗暗叫苦，你们走了，剩下我一个人就更尴尬了。多少年后，当我与这两位搞资料的老师相识在他们学校的学科评议会议上时，谈及那次尴尬的会面，都心照不宣地莞尔一笑。

大约又等了不到十分钟吧，绍棠先生终于抹着嘴出来了。我说，他们先走了。他说，走啦？却不再有下句了。我猜度着，他究竟是欢迎我们呢，还是不欢迎我们呢？好在他又若无其事地坐在沙发上，跷着二郎腿，和我谈起了他最近的写作计划，以及对文坛现状的看法，还不断地臧否人物，一个人滔滔不绝说下去，偶尔也问我一两句。其间，有一个不知是保姆还是乡下亲戚的年轻女子给我端来一杯茶。大约一个小时后，我推说还有急事要办，便恭恭敬敬地告辞离别，一出院门，我逃也似的奔出了光明胡同。

直到半年后我离开人民文学出版社前，才战战兢兢地又去了一趟光明胡同45号，与绍棠先生辞别，他仍然是大大咧咧地和我谈了一通文坛的事宜，并且还说让我参与他准备组织的中国乡土小说研究会工作，丝毫没有任何芥蒂的样子。

随着年龄的增长和阅历的增加，我渐渐地悟出来，刘绍棠先生那些不拘小节的行为举止乃是性格使然，对人并无恶意，也无设防，是一种本色性情。也许是多年小资产阶级知识分子过于敏感的特性，使我们与这个率真的乡土之子有着一道天然的心理屏障吧。这本是不应该有的障碍，却是我们这些所谓现代文明的知识分子自造的藩篱。

后来我回到扬州，再后来，我又调回了南京，那一年正是1988年，听说绍棠先生由于长年伏案写作，积劳成疾，突发脑血栓住进了医院，虽经抢救治疗，仍造成左体偏瘫，我倒是想趁去北京开会时去看望他的，因为他曾经来信谈到要我参与他的"乡土文学大系"工作，但那年正忙于工作调动的大事，终于没有成行。

1996年12月19日，在中国作家协会第五次全国代表大会上，刘绍棠先生当选为中国作家协会副主席和中国作家协会第五届全国委员会委员，并于1997年1月起正式担任中国作家协会副主席，我正暗自为他高兴呢，想着下一步与他合作，共创中国乡土小说的理论和创作的研究机构，哪知道1997年3月12日，他因肝硬化、肝腹水抢救无效，病逝于宣武医院，年仅六十一岁。呜呼哀哉，天妒英才，一代乡土文学的大家魂归天国，是谁也不能阻挡的天意，只能留给人间遗憾。

噩耗传来，我等晚辈只能仰天叹息！

而前辈作家和学者是怎么看这位共和国乡土之子的呢？

作为刘绍棠的挚友，作家从维熙认为：刘绍棠的去世是我们这代人心里难以弥补的伤痛。刘绍棠的一生与大运河密不可分，他从生活的最精微细腻之处入手开始他的文学创作。他以文学感悟生活，消化成自己的情感，把自己感受的情感传达给读者，这样的作家是不多的。

据说钱锺书这样评论过刘绍棠作品："阅读欣赏刘绍棠的小说，就好比坐在各种名贵佳肴样样俱全的盛大宴会的餐桌旁边，每样菜都吸引你吃，使你不知如何下筷才好。"钱先生是一个十分苛刻的大作家和大学问家，这样的词语对一个作家的评价显然是罕见的，表达出了一个大学者十分真诚也是十分复杂的心境。

最后，我只能用我在1982年发表在《文学评论》上的那篇《试论刘绍棠近年来作品的美学追求》中的话来做此文的结尾："刘绍棠作品既是田园牧歌式的作品，那么，作品的画面应该呈现出优美的诗情画意，这种诗情画意是'拿一种第二自然奉还给自然，一种感觉过的，思考过的，按人的方式使其达到完美的自然'（歌德：《〈希腊神庙的门楼〉的发刊词》）。刘绍棠作品的自然美也正是表现为作者在对自然的描绘中倾注自己炽热的情感，'是一种丰产的神圣的精神灌注生气的结果。'诚然，刘绍棠作品也是主情的，但他更多的是从具体的生活场景中来抒发感情，而不是'纯牧歌'式的。他向巴尔扎克学习，尽力使自己成为社会的风俗史家，在摹写自然生活的背后，含蓄地点出作品的主题——'痛苦要转为希望，歌颂人民，才是永恒的主题。'

"无论是从内容和形式上来说，刘绍棠作品包含着现实主义和浪漫主义两种不同因素，这既不是现实主义，也不是浪漫主义，而是两者的一种综合。

"综观刘绍棠的作品，可以清楚地看到，一旦作者离开了自己的创作个性，离开了他所熟谙的生活基地，作品就变得枯燥无味，甚至会出现概念化的倾向，这是值得作者引起注意和思考的问题。艺术探索的道路是无止境的，要使自己的作品达到臻于完美的艺术境地，也只有不断从生活的深处开掘适合自己表现力的艺术形式，才能撞击出引起读者共鸣的心灵的钟声。自然的生活，生活的自然，这是艺术生命得以繁衍的源泉，一切伟大杰作的萌动、生长都离不开这广袤无垠的丰沃土壤。我们热切地关注着刘绍棠的今后创作，盼望着他艺术创作上的新成就。"

  可惜刘绍棠先生没有完成他的夙愿，不然他会成为共和国乡土文学大家的。倘若说是时代没有给他更多的机缘，还不如说是个性造成了他最后的悲剧命运。

  这时，我的耳边又一次响起了《命运交响曲》的激越的旋律！

2018年8月21—22日于南京至香港旅途中

原载《雨花》2018年第11期

先生素描（十二）

你的灵魂　你的外貌

　　题目的名字化用《雨花》的老主编叶至诚在《假如我是一个作家》中的一句话"你的灵魂你的外貌出现在读者面前……然后，就真正的有了百花"，以此来描摹江苏"探求者"四杰的灵魂与外貌应该是不错的选题。

——题记

　　二十世纪五十年代，江苏的一批青年作家就很不安分，不仅想从文学创作上搞一点与众不同的新花样来，而且还想从文学理论上提出新的概念与口号，以展示出江苏作家雄厚的实力，于是乎，一群不知天高地厚的年轻"探求者"（原来还想起名为《开拓》《新地》或《路灯》等名字，尤其是"路灯"使我立马想起了二十世纪初俄国"白银时代"的"路标"）雄心勃勃地亮出了自以为漂亮的底牌。其实，这就是一个注定要死于腹中的胎儿，用叶至诚《"探求者"的话》来说："我们反对官僚主义的胆量和勇气，我们冀求在文艺战线上充当一名改革的战士。……急切希望从题材、立意、表现……各个方面找到摆脱公式化、概念化的出路。……打算办一个'同人刊物'来实现我们的愿望。……后来'探求者'由于经费和人力上的种种困难，奔忙了半个多月，终于烟消云散了。《启事》和《章程》只是征求意见,给极少数熟识的同志看过,既没有广为传布,更没有公开发表。我们的设想,可以说不过是一个尚未成形就流产了的胎儿。可是万万没有想到,就为这个尚未成形就流产的胎儿,我们这些人要用二十二年的时间来偿还一笔沉重的债务。二十二年前,我们十分幼稚,我们觉察的问题和提出的主张是朦胧的、模糊的。为什么说是朦胧的、模糊的呢?因为在一棍子打下来的时候,就连本来并不错的想法我们也真心诚意地认为错了,口服心服地认罪,一无怨言地赎罪。"我以为,这些话至今仍然显得很幼稚,但是,这是他们四十年来发自心底里的真诚宣泄,而这种宣泄流淌在他们的作品和文字中,化作了一种永恒。

的确,这个主张一俟亮相,得到了不少好评,许多人在半个多世纪以后还时常提起这个事件,甚至有人还以此来做研究论文。但是,今天我在这里并非探讨"探求者"在文学理论主张,以及它在文学史上的地位和意义,更非作甚翻案文章,只是想写这四个已经去世的"探求者"在我脑海中的片段影像,尽管我是距今在江苏作协里从普通会员到担任理事时间最长的"六朝元老"之一,但是与"探求者"们交往有深有浅,有的虽然每次开会都能够见面,但只是点头之交,毕竟是晚辈嘛。然而,距离产生美感,往往拉开距离的观察反而会更加客观一点。当然,我也会采信与之过从甚密者的说法,比如,我时常听叶兆言绘声绘色地谈论这四位"探求者"的一些趣闻逸事,从一个孩童少年时代的眼光去观察他们的举止言谈,一直到他用青年和中年的目光亲自送走了这四个亲如"兄弟"("多年的父子成兄弟")的长辈，显然，他的回忆与一些充满颂词的悼念回忆文章有所不同，而我却更相信兆言的口述版本，因为许多人物性格中最深层的东西在平时是难以捕捉到的，只有在生活中不经意间流露出来，似乎聊天中的闲言碎语更加可靠真实一些。

尤其是在我向叶兆言讨来《至诚六种》阅读以后，暗暗为叶至诚作为当时"探求者"年纪最长的一员，用他那几近弥勒佛的眼光穿过外貌看透了陆文夫、高晓声、方之和他自己的灵魂叫绝。

作为一个与他们有着一段距离的晚辈学者，我写下自己记忆中的"探求者"们的生活片段和印象，或许与别人不太一样，但是，我的意图却十分明显，就是试图从他们的侧影中看出他们在大起大落时代的种种生活行状，或许能够成为今天文人的一面镜子。我用素描的方式来勾勒早已仙逝的这"四大名角"，也许我的描写在许多人眼里并不是那么准确，但是，倘若有可能让人们看到他们性格的另一面，以及另一种生活方式和深藏在心底里的生存理念，也就算是我的最大欣慰了。

陆文夫

陆文夫算是那一代作家当中最帅的人之一，他的身材是"探求者"四个人当中最好的，眼睛十分大，若不是常常瞪起眼睛看人，让人感到一丝畏惧，他倒是一个轮廓分明的标准帅哥。看上去他是一个慢性子的人，说话时不紧不慢的，话语中夹杂着浓重的泰兴方言，让你不觉得他是一个一生中绝大部分时间都居住在苏州的作家，然而，一旦他激动起来，眼睛睁大，并斜睨着看人，细长的脖子上血脉偾张，青筋暴突，就让人陡然恐惧起来。当然，这样的时刻极少，我们更多时候看到的是一个"带着微笑"温文尔雅的"陆苏州"。

人们说陆文夫是一个"带着微笑在看生活的"现实主义作家，究竟是不是这样的作家，各有各的说法。叶至诚先生在陆文夫春风得意之时，看到《小说月报》上刊登出他那穿着西装大衣行头酷且帅气的近影时，不无感慨地说："这两年老陆真可说是吉星高照，大走鸿运了。"但是，谁又知道，就是这个"带着微笑在看生活的"作家，在那无情的时代面前，"不止一次，老陆到中山门外，在灵谷塔前徘徊，真想一口气登上最高一层，然后往下一跃；一晚，他独自在西花园里（当时省文联设在前国民党总统府内）对着石舫前满满一湖水光月色发愣，可巧被机关里硕果仅存的一位朋友瞧见，两人喝了一夜老酒，才算打消了他轻生的念头。"我猜测，朋友相劝只是其消除轻生念头的因素之一，更重要的因素就是以"借酒消愁"的方法度过了许多次难关，因为精明的老陆终于想通了：抵御抗衡一个"荒诞时代"的良方只能是假装微笑，才能使自己彻底地摆脱人生的痛苦！我从1967年陆文夫被挂牌示众时的"精神胜利法"中看出了端倪，牌子上写的是"新鸳鸯蝴蝶派"，在围观群众当中，有老工人说，现在支派、踢派已经够热闹了，还要搞什么鸳鸯蝴蝶派。男人家叫鸳鸯蝴蝶派，难不难听？快点不要搞了。陆文夫连连说：这都是过去的事了，再也不搞了，再也不搞了。于是，摘了牌子回家后照样喝他的老酒去了。这是何等幽默讽刺的画面,这是不能用Q爷的"精神胜利法"所能够解析的人生密码,老陆自有他人生避死就活的精神逃路和套路。他一生中是少不了两个伴侣的——烟和酒将他熏陶成为一个善于精细思考的人,让他在自己的作品中隐藏着巨大的阐释空间。

"陆苏州"无酒是不可度日的,每每开会,即便会议上没有安排酒,他也会拿出自备的酒来邀人同饮,实在没有陪喝,他就一个人独酌,无饭不酒、无酒不饭,成为他一生不可或缺的嗜好。有人说他是酒圣,倒是有些言过其实了,叶至诚说过,四人之中,他和高晓声的酒量最大。据我多次观察,陆文夫喝得不多,且是慢酒品咂,像是在细细地品味人生的酸甜苦辣。他分明是一个有节制的饮者,一俟到量,他就会戛然而止,所以,我就没有见过"陆苏州"醉过一回,也许,他的醉是不为人见的人生醉态罢。他定格在我脑海里的喝酒形象是:手端酒杯时,还用犀利的眼神余光扫向全桌人进行观察,让人既喜又恐。

可是坊间传闻"陆苏州"酒量奇大无比,故有人送他个"酒仙"的雅号,用他自己应景的半醉半醒话说"可以列入酒仙的行列",此话千万别当真。亦如叶至诚所言:"陆文夫从来好酒……然而,每逢桌上有酒,绝不像'瘾君子'那样扭捏作态,眼里看着别人往他杯中斟酒,嘴里虽不说'满上,满上',眉眼间却不免透露出笑逐颜开的神情。……不过,喝得酩酊大醉,以至呕吐哭笑吵闹的时候,为数其实极少。"

陆文夫当然也是沉醉在烟雾缭绕中的写作者。

他定格在我脑海里的吸烟印象是:那熏出了焦黄色的细长中

指与食指间夹着香烟,时而轻缓地吸上一口,间隔数秒钟后,方才优雅地从嘴角和鼻孔里冒出一缕淡淡的青烟,也从未见过他有"回龙"的抽技。

开会时无聊,我就观察他在会场上抽烟的情形:将烟和打火机搁在桌上,而不像有些人那样从口袋里摸出一盒烟来,慢慢地抽出一支,在桌上跺一下,点上火轻轻地吸一口,也不像那老烟枪那样猛吸一大口,半天不见吐烟出来,而是在正常的呼吸中,从嘴角的缝隙边,缓缓自然地飘出一缕淡淡的青烟。显然,那是一种斯文的吸烟法,尽管他的烟龄很长,烟瘾也还不小,看他不时去摸烟的频率和右手食指与中指间被烟熏染的颜色,就可衡量他的烟瘾大小了。在一缕袅袅上升飘忽的烟雾中,我仿佛看见了苏州小巷深处的那一抹淡淡的阴郁和哀愁。

陆文夫之所以被人称作"陆苏州",那是因为他的成名作就是以苏州小巷为题材的,二十世纪五十年代他因短篇小说《小巷深处》一炮走红,后来这篇作品就成为"探求者"的代表作。过去,我在讲课的时候,经常用它与老舍的《月牙儿》比较,得出的结论就是:二者最大的差异性就在风格上。丝丝入扣的江南水乡氤氲飘逸着的那种绵绵不绝的意绪,浸入并游弋在你若隐若现的灵魂里,酥了骨头,松了经络,寻觅不到的是痒处在哪,愁在何处。用三个字表达:奈何天!《月牙儿》虽然是老舍最富诗意的小说作品,也充满着那种淡淡的哀愁,但是它像北方的天气一样,干燥而热烈,与小巷里的潮湿阴郁形成了截然不同的风格特征。我并没有抬举"陆苏州"成名之作的意思,而是想说明,作品风格的形成是与作家的性格休戚相关的,所以,我一直认同布封的那句名言"风格即人"!不疾不徐的性格最适宜江南水乡若情似水的人文地理环境。

其实,陆文夫倒是地地道道的苏北泰兴人,虽然在苏州生活了大半辈子,却仍然是一口纯正的通泰方言。在"探求者"四个人当中,陆文夫的"文官"头衔最大,官至中国作家协会副主席,全国第六、七、八届人大代表,江苏省作家协会主席等,正是说明他们这一代江苏作家在全国举足轻重的地位。尤其是在上世纪八十年代,"陆苏州"的创作出现了井喷的状态,其作品在文学界好评如潮,《献身》《小贩世家》让不同层次的读者受益,更令人惊奇的是他讽刺抨击官僚主义的作品《围墙》竟然被某省当作红头文件发往各县市,也成为我国文场与官场的一件千古奇闻。其《井》与《人之窝》在文坛上也引起了很大反响。

而他的《美食家》成为我国许许多多食客的美食指南。小说以主人公资本家朱自冶四十年的"吃史"折射出时代的沉浮,本来是可以进入厚重题材领域的作品,作者偏偏就是要让小说沿着揶揄轻松的小路走下去,让其风格在各种各样的"吃法"当中走进"美食的天堂",成为作家写美食除汪曾祺外的又一绝唱。

《美食家》使陆文夫"会吃"的名声远播文坛内外。自那以后,陆文夫每到苏州一家饭店用餐,厨师闻知陆文夫来吃饭,便有些惶惶然,大有在美食家面前班门弄斧之感,怕万一做坏了一道菜,坏了自己的名声。"陆苏州"便成了吃遍苏州乃至全国的美食鉴定者了。

"陆苏州"中年以后在文场和官场均春风得意,其实,他平常的生活过得还是十分简单的。只要每天有酒,有几只小菜搭搭,他就心满意足了。晚年,他也竟在苏州开了一爿"得月楼"的饭店,也是声名远扬,我们一干人去苏州开会,都要去品尝一番。

陆文夫对各地富有特色的民间小吃饶有兴趣,走到哪吃到哪,大有吃遍天下的感觉,"行万里路,尝百口鲜"算是文人的雅癖罢。

陆文夫吃茶也十分讲究,他爱茶,当然更爱上上品的好茶,有人说"因为只有陆文夫才不致委屈了好茶"。也算是他的一桩清高文人的雅好。

陆文夫先生卒于2005年,是"探求者"四杰中最后一个去世的人,寿命最长也就不过八十。

高晓声

有人说高晓声是"苦涩的现实主义"作家,这一点我却不能完全苟同,他历经了苦难,但是,他并没有在肉体上受过什么大罪,更是在精神生活上自觅"苦中作乐"的人,其本质上还是一个浪漫主义的人。用叶至诚评论他的作品《李顺大造屋》的题目来形容他的人生是再适合不过了——"迟开的蔷薇"。

高晓声是刚过七十岁就离世了,1928年生人,1999年便匆匆走了,没有见到新世纪的曙光是他的遗憾,而留下的浪漫故事则是他的无憾。

他倒是苏南常州人,但其外貌却又是道道地地一副刚从田里爬上来的老农民形象。

你的灵魂　你的外貌

四十年前，董健先生让我送一封信给正在《雨花》杂志编辑部改稿的高晓声，那时的《雨花》编辑部真的称得上是"高大上"，所在地是总统府内走廊中间段右侧的几间房子，走进里面的一个天井，只见一个其貌不扬、面庞黝黑的矮个老者穿着一件千疮百孔的白色老头衫，嘴上叼着一根香烟，正在自拉的塑料绳上晾衣服，我上前问道：请问高晓声同志在哪？那老者掉头看着我这个不速之客，不急不慢地嘟囔着：你找他干什么？我说：南京大学的董健老师让我送一封信给他。那"老者"操着浓重的常州方言说：好啊！我就是高晓声。当时我十分诧异，在我心目中，高晓声应该是一个十分儒雅且有书卷气的中年作家，即使不帅气，也不至于这般尊容啊；在"探求者"四杰之中，他的学历也算是最高的了，为何就是不像一个读书人呢？回头再想想，这可能正是他用二十二年的"劳动改造"换来的这副朴实无华的外貌吧。但是，后来发生的许许多多事情却让我对这位被某些评论家说成是具有"鲁迅风"的大作家，有了不同的深刻认识。

在"探求者"四杰中，高晓声当"右派"的确是有点冤枉的，虽然"探求者"的启事是他起草的，但是他常常声明自己是不谈理论的作家，也曾经公开说过他从来就不看评论家文章的话，于是大家在私底下议论，他真的把自己当成鲁迅了，谁稀罕去评论他呢。说归说，评论还是要写的，写出来，高晓声还是每一篇都偷偷看了的。

从文学史的角度来看，我最佩服、认为他最深刻的作品就是《李顺大造屋》和《陈奂生上城》，前者写人的奴性可谓入木三分，后来高晓声在自己的作品中对这个形象做过一句精辟的注释：中国是不能一天没有皇帝的！李顺大为了造房子被公社民兵吊打一夜，他想到的是竟然是自己的皮肉筋骨居然这么不经打。这种神来之笔倒是他几十年探求作品主题思想深刻性的惯用手段。陈奂生在得到吴书记的特殊照顾时，跳坐沙发、不穿鞋子钻进了雪白的被窝里的细节令人捧腹，这些细节的描写，让人想起了鲁迅笔下的阿Q，难怪有人给他披上了"鲁迅风"的大氅。

其实，我个人更喜欢的是高晓声《钱包》《鱼钓》和《摆渡》那样的散文化的寓言体小说，这种寓言体小说无论从审美的角度，还是思想内涵的蕴涵来说，都是非常精妙的上品之作。《钱包》是揭示人性中因贪婪而形成的盲从意识；《鱼钓》则是暗示一切玩弄权术者终究会被权术所困死。由此，我得出了这样的一个结论：这个貌似农民的作家是一个很有独到见地的思想者。这在高晓声《七九小说集》的前言中表达得已经十分明晰了："摆渡人"通过渡船把人渡到彼岸，作家"不受惑于财富，不屈从于权力"！

高晓声的思想不是用理性思维的文字来表达的，而是浸润在作品描写之中的，看似内敛，其实却是发散型的，只要你有一双"内在的眼睛"，你就不难发现其作品在堂奥背后，躲藏着的高晓声那张本分老实的黝黑脸庞上露出的狡黠憨笑。

看到如下的高晓声小传，我思考了良久。"一九五八年，高晓声回到了家乡武进县（今常州市武进区）农村。这次真是'回乡更断肠'，高晓声是独子，父母和他三口人，前几年他为了专心搞创作，二十八岁还没有结婚，当时那种情况下，谁肯嫁给他。乡里人闲言杂语不少,说什么'高家要灭门绝户了'。高晓声听了,真是气坏了。有个农村妇女名叫钱素贞,竟然不嫌高晓声的穷愁潦倒,也不怕高晓声头上还戴着的千斤铁帽,就毅然地和他结了婚。一起度过了二十年艰难岁月。高晓声笔下李顺大、陈奂生的困境,高晓声是亲身经历过的。不久前,高晓声自己对他的好友说:'在1960年有三个月,我一天只吃四两糠。'但三年困难,'十年浩劫',梦魇似的岁月终于过去了。高晓声全家三代同堂七口人,父母二老,高晓声和他的爱妻钱素贞,三个孩子。自从《李顺大造屋》得奖,高晓声又被选为江苏省的先进工作者,出席了省的劳模大会。1978年夫妻二人双双到南京,当时方之还活着,在叶至诚家中,方之见了钱素贞,他双脚立正,深深地向钱素贞鞠了一躬,说:'谢谢您,辛苦您了!'我想钱素贞同志是当得起这一鞠躬的。'贫贱夫妻百事哀',心酸往事也不必多说了。再说一点高晓声最近的心情吧!高晓声说:我现在是乐观的人,是乐观派。我乐观,有四点:一、我能活到今天,就值得乐观。二、从'四人帮'的粉碎,我们可以看到,人类社会总是要前进的,'四人帮'从某种意义上讲,它帮助我们认识了许多问题,而且可以公开讲出来。三、我国经过这么多年折腾,极'左'思潮没有什么理论基础了,也没有什么精神力量了。四、我们多看看人民的生活,这几年来,人民是高兴的,我们也就应该高兴了。"显然,这是对逝者的溢美之词,死者为大的中国传统道德往往掩盖的是一个人真正的性格特征,人性的两重性被千篇一律的怀念文章所遮蔽。

也许，不是二十年回乡劳动改造的经历，高晓声会在城市里过上另一种生活，而在农村，他接触到的不仅仅是农民阶级的朴实，更重要的是，在饥荒年代里，在"文革"期间，农民性格的另一面也深深地影响着他的人格成长，人一阔就变脸的习性不只是在他的小说人物中活灵活现地描写出来了，同时在其自身的生活中也有所流露了。

二十世纪八十年代，小轿车出行是一种地位显赫的标志，许多一战成名的作家都以此为荣，无车不行，尤其是重大场合下更是需要这样的待遇，我们的高晓声同志出行就很讲究这些派头。据说好像是一次杭州的会议，住宿的宾馆离吃饭的饭店最多只有一公里的距离，其他人都是随会务组人员一起步行前往，而高晓声先生却非要汽车接送，这不仅让办会者难堪，他们怕无法对其他作家交代，同时，其他与会者也愤愤不平。或许，这才是中年以后，急于向社会拼命索取，讨回二十二年欠债的心理在作祟吧。当然，这样的作家并不止高晓声一人。

高晓声以他创作的名声获得了"桃花运"，直到他临终前的那一段酷似"生死恋"的故事曾经被许多人唾骂，也被许多人羡慕和慨叹过，无论如何，那最后的一吻，既象征着这个现实主义作家心底深处藏着的那只浪漫主义的小猫，同时，也让我们窥见了一个饱经风霜的老人对生命的渴望与"探求"。

活到七十一岁的高晓声的确是一个有浪漫故事的人，这样的作家我们是不可以用传统的道德观念去评价他的。

叶至诚先生说："高晓声原先烟酒俱全，酒量与我相当，烟量大我一半（此数据经过反复核对，在我吸两支烟之间，高晓声必定要吸三支）。"即便是气管炎发作时也不肯戒烟的人，其烟瘾之大可想而知了。不过他吸烟的姿态一点都不优雅，几乎就是一种贪婪，恰好与陆文夫形成了鲜明的对照，他的"吸相"与"吃相"，甚至"喝相"都很难看，叶至诚对他的断语十分准确："酒成了高晓声的活力之源，生命之泉！"他有过烂醉如泥的时候，"有一次在亲戚家喝了大半夜酒，回家在庭院里喊门，等到他妻子下得楼来，但见他已经躺在院子里的石板上，人事不省了。"这才是一个真正的高晓声的原形。

然而，这些都不能阻挡他成为一个能够在文学史上留名的大作家。

方之

兆言告诉我，方之在四个人当中基本上是不喝酒的，我倒好生奇怪，这个自称为"辛辣的现实主义"的血性汉子，一个有着许多愁苦遭遇和浪漫故事的人，竟然不喝酒，这在我欲写的《现代文人与酒和烟的关系》一书中，显然是个例外，然而再仔细推敲兆言的原话"方不能喝"，不能喝，却不代表不喝，遂追问："方下放时肯定是会喝酒浇愁的，平反后也会举起美酒庆贺的"，得到的回答是肯定的。这在叶至诚先生的《着肉搔痒》一文中得到了验证："遥想'探求者'当年，唯独方之不会喝酒，后来在众人齐心培养之下，经过方之自己的努力，居然能以啤酒跟白酒碰杯。如今方之早已去世，我又不能再喝烈性酒，老陆老高已经在感叹'长平生酒友零落'了。"

  好在他是嗜烟者,用兆言的话语来说:"他们四个人都是抽烟的,四个人晚年都戒了。方之是临死前才戒,我们上大学时候,戒了,当时为了去南大讲课,复吸,再戒,没多久,就病故,是不能不戒了。方之戒烟,最难看,难受的时候,让我父亲抽了烟,喷烟给他闻。"哈哈,这是我听说过的吸烟文人中,最有趣,也是最有性格特征的嗜烟者了。或许吸烟就是夺取他生命的病理学原因之一,可是如果没有烟熏下的思考,一个嗜烟者方之就不可能写出《内奸》这样深刻的作品来,一个叼着烟卷写作的方之的形象便栩栩如生地印刻在人们的脑海里了。

  我以为,"辛辣的现实主义"作家,这个帽子套在方之头上似乎并不十分恰当,他的创作分明就是承续了西方十九世纪"批判现实主义"的风格。

  方之是1979年10月22日去世的,而第四次中华全国文学艺术工作者代表大会是1979年10月30日在北京隆重开幕,本来,如果不是沉疴缠身,他是应该出席这个会议的,我不知道如果他在临终前能够聆听到那个被长时间掌声打断了的领导代表党中央在会上作的重要讲话,他会是什么样振奋的表情。因为那时正是方之想大干一场的时候,就像柳青在病床上哀求医生救救他,再给他一年半载时间完成《创业史》的第二部那样,可惜天妒英才,老天也没有给方之留下更多的时日,把自己一肚子的素材写成比《内奸》还要精彩的篇什。

  我完全能够理解方之要求医生和家属告诉他死期时的心情,

三年不行，就一年，一年不行，几个月也行，所以，直到临终前还让儿子李潮拿纸和笔来记录他的口述创作。真的，如果再给他三年时间，随着他一系列深刻的批判现实主义作品的问世，他很有可能成为红遍那个"反思文学"时代的领军者，那他会成为"探求者"四杰中坐第几把交椅的作家呢？

当兆言谈起方之在1960年代后期也做过"造反派"的时候，我先是一惊，尔后也就不以为然了，"父亲的难兄难弟方之先生，在'文革'初期居然也成了造反派，他想为自己正名，结果被逼得真的玩了一次自杀。"[1] 其实，我对自杀者的看法与人不同，一个有勇气的自杀者并非人们眼中的懦夫，一个清醒的自杀者往往是有血性的勇者，是对社会的一种反抗。

做"右派"也好，做"造反派"也好，这就是那一代知识分子作家，尤其是小知识分子的宿命，在政治运动的大风大浪中颠簸，在汪洋大海中认不清航标却是常有的事情。但是，一俟看清楚了航标灯，他是会勇猛向前的。

方之的青春并不是美丽的，因为理想主义和浪漫主义的青春冲动，当然要受到政治风暴的无情摧残。但是，写作却是一生不灭的欲望，有人说他是"一团火，一把剑"，那"火"则是创作的欲望之火，那"剑"便是直指人世间迫害人性的一切不合理现象。

死于肝癌的方之终年只有四十九岁，倘若那时他不把大量的

---

[1] 叶兆言：《很久以来·后记》，又名《驰向黑夜的女人》，江苏文艺出版社，2014年。

时间投身于培养年轻作家和创办《青春》杂志的事情，也许，他能够留在文学史上的作品可能就不止一枝独秀的《内奸》了。

有人称颂方之把"他最后的精力花在南京《青春》杂志的创刊上。他知道自己的生命力快要消耗尽了，他要把手里的火炬交给后面的年轻人，他要创办一个发表青年作者作品的刊物"。是的，《青春》成为当时红遍大江南北的名刊，培养了大量的年轻作家，这功绩是历史牢记住的，但是，作为一个才华迸发的中年作家，在自己生命的最后时刻，把宝贵的时间放在许许多多琐事的办理上，甚至还打电报要巴金为《青春》创刊号写稿的事情也亲力亲为。我就不知道这是他本人的幸还是不幸，甚至是江苏文学的幸与不幸。

后来，看到方之妻子的回忆文章，却是很有感触："'探求者'是他们几个青年人一起讨论的，当时他们很公开地讨论，还去省委宣传部请示，当时找的是艾煊，艾煊说这些青年挺有积极性。他们自己也觉得没事，后来方之与陆文夫跑到上海去找巴金，巴金的意思就没有太同意他们，当时空气已经比较紧张，我记得方之从上海回来就跟我说，原话记不得了，意思是：嘿，他怕什么，他怕，我们又怕什么，意思是我们是小青年。

"……方之很坦然，觉得自己没干什么坏事，还把责任往自己身上揽，后来他去八卦洲劳动了三年。在那里改造，种地，住在农民家里。也写点东西，但写得少。三年后回来，不久又批判他，说方之为什么要写《出山》，就是因为他自己要出山，反正是一到搞运动，他就是首当其冲的。

"后来,他写了《内奸》,评了个全国奖,但领奖时他已不在了,是我去北京领的奖。"

方之是"探求者"中我最不熟悉的作家,唯一只见过一回的前辈。记忆中大概不知是1978年的下半年还是1979年的上半年,中文系的包忠文和裴显生先生请他来南京大学进行一次演讲,有人指着那个瘦骨嶙峋的人说,那人就叫方之。我立马就肃然起敬起来了,因为当时他的小说《内奸》在国内文坛上引起了很大的反响和震动。小说甫一发表,我就和董健先生热烈讨论了这部小说的思想内涵,预言方之将会是江苏最有后劲的作家,也会成为我国"五七战士"中最有思想穿透力的代表作家。像他这样下放到生活的底层,亲身经历了当时我国农村最艰苦生活磨难的作家,生活的积累如此丰厚,可谓厚积薄发之时,却招致天妒,实乃我国文坛的巨大损失。

兆言告诉我:"反右"后,我父亲下放到江宁,方之上调回城时,还不忘与掌权的朋友说了句"我还有一个老哥们",于是亦将父亲一起召回南京。方之是一个非常重义气的人,虽然比我父亲年轻,倒是我父亲经常听他的话,去《雨花》便是方之的主意。

只有经历过苦难生活的文人,方才能够牢牢记住患难中的友谊。

后来,我才得知他的"下放地"与我当初插队的地方是邻县,我没有能够在创作欲望十分强烈的青少年时代认识他,去拜访他,感到十分遗憾。

再后来,他的大儿子李潮开始创作,没有博得大名就去经商了。倒是他的另一个儿子韩东则先是以一首诗歌《有关大雁塔》而闻名大江南北，再后来，他写了许多小说，同时也是著名的"断裂"事件的发起者之一，我想，他们的路数与其父完全不同，行事的风格和理念也相去甚远，但是，没有方之对他们从小的文学熏陶，他们也不会走上文学道路的。

其实方之是一个创作欲望极强的作家，被罢黜后还念念不忘要写走在时代深处的作品，一篇《出山》就是隐喻着他本人强烈欲望的影射之作。正如叶至诚在《方之之死》中所言："方之死后我常想，为什么我如此不幸，竟亲眼看到了许多没有开足便已谢了的花朵，甚至是尚未开放便已谢了的花蕾。"

是的，方之是"探求者"四杰当中走得最早的人，"是尚未开放便已谢了的花蕾"，许多年轻作家根本就不知道这个人的名字，四十年前的今天，他至少还以一篇《内奸》走进当代文学史中，这就足矣。

叶至诚

我反反复复考虑了很久，最后还是决定把叶至诚放在压轴之篇，这绝不是以"探求者"四杰在文学作品上的数量和在文坛上的名声地位来排序的，如果按齿序而论，出生于1926年的叶至诚应为首。首先，我考虑的是，作为一个为《雨花》杂志开设一年"山高水长"专栏作者最后一期的煞尾篇什，我以一个晚辈的身份来为《雨花》的老主编"送行"并作结，也是一种本分。其次，就是因为叶至诚是"探求者"四杰中唯一长期居住在南京的人，除了去过"五七干校"和短暂地下放到南京周边的江宁劳动外,他是省会留守者,无形中就成为一种精神和地理位置上的中心和枢纽。再者,在"探求者"四杰之中,我与叶至诚先生接触是最多的,除了开会见面外,平时接触也较多,尤其是当年我住在白下区小火瓦巷四十八村时,隔壁就是省京剧团宿舍,常常在巷口小街上碰见一副典型南京老头打扮的叶至诚先生在溜达,见面时总要寒暄几句,惟觉不适之处就是他总是用"丁帆同志"的称谓,但他那憨厚朴实的笑靥永远定格在我的脑海之中了。

谁都知道叶至诚是一个十分谨慎小心、性格散淡且豁达开朗的人,是一个笑颜如"弥勒佛"的好好先生,说他是"探求者"的骨干,这谁都不相信,但他又的的确确是卷入其中者,也算得上中坚。

其实,他的外貌和他的灵魂的反差是很大的,人们只知道他是一个编辑家,却并不知晓他骨子里是很有点高傲的,他做了一辈子的作家梦,到头来还是死在一个主编的岗位上。

他的人品声誉和文学光芒被其父亲、妻子和儿子盖得严严实实、密不透风。所以,不同的人在不同的场合介绍他的时候无非就会用这三种语言表达方式:"叶圣陶就是他父亲"或"他就是叶圣陶的公子";"他就是'锡剧皇后'姚澄的丈夫"或"'锡剧皇后'姚澄就是他的妻子";"叶兆言就是他的儿子"或"他就是叶兆言的父亲"。二十世纪八十年代他自己也常常用这样的话来自嘲:"原来人家介绍我的时候,总说是某人的儿子,某人的丈夫,今后恐怕要说这是叶兆言的爸爸了,我好算得是生活在名人中间。"

(《生活在名人间》)

　　叶至诚是"探求者"中年龄最大的，但是活的岁数并不是最长的。他生于1926年，卒于1992年，在世也就66年，按现在联合国对人类年龄的划分，他至多算是个中老年人吧。作为叶圣陶的次子，叶至诚应该在文学创作上有更大的成就，即便是从事戏剧创作，也绝不会止于这一些作品。从他与高晓声在1953年合作创作的锡剧剧本《走上新路》开始，他与别人合作出版的作品较多，让人不禁怀疑他的创作能力。殊不知，他的散文创作是非常有个性的，亦如他的为人，文字朴实温润中透出的人性力量却是让人落泪的。《至诚六种》是他去世后由叶兆言编辑的他父亲的一本书，其中有许多散文随笔是十分动人的。

　　《至诚六种》共六辑，分别为《自嘲集》《拾遗集》《探求集》《忆儿时》《记双亲》《学步集》，这是一本凝结了他一生心血的泣泪笔墨。

　　让亲如兄弟的儿子叶兆言潸然泪下的原因有很多，我以为，恐怕像兆言这样亲近的人在其生前都未必真正理解像叶至诚这类貌似好好先生的人在历次运动的教训中所受到的心灵伤害，在他们心灵深处有着与常人不同的感受，在他们菩萨式的笑靥背后，有着常人无法解读的丰富内心世界。看了叶兆言给《至诚六种》写的序言，我似乎也看到了与自己父亲十分相似的心灵世界的镜像，我出生在"三反""五反"的年代，父亲从一个豁达开朗、极富个性的辅仁大学毕业生变成了一个唯唯诺诺、与世无争的"好好先生"；而叶兆言出生在"反右"年代，也伴随着父亲从一个热

你的灵魂　你的外貌

血沸腾的青年"探求者"走向了"好好先生"的性格轨迹,我不知道有多少这样的父亲在那个年代在改变命运的时候,也同时改变了自己的性格。

叶兆言如是说:

父亲非常热爱写作,这是他一生的志向。整理遗作时,我忍不住一次次流泪。首先是为他的认真,父亲的字仿佛印刷体,一笔一画交待都很清楚。他总是没完没了地抄写,要仔细辨别,才能确定哪几页才是最后的定稿。我知道抄写有时也是一种被逼无奈,他想通过这种近乎笨拙的方式,进入自己要写的文章。作为一个写作者,他排除干扰的能力实在太差了,以至于大多数时间,都处在想写而没有写的状态。

父亲有很好的写作基础,少年时就出手不凡,曾获得朱自清先生夸奖。经过二十世纪五十年代的"反右",经过轰轰烈烈的"文化大革命",到七十年代末,已是一个五十多岁小老头,他的《假如我是一个作家》又得到冰心先生的赞扬。这些夸奖和表扬,都有确切的文字记录在案。

父亲一生最大的遗憾,是没能痛痛快快地写出一大堆东西。作为儿子,作为聊天对手,倾诉的对象,我常听他说起要准备写什么。想法很多,文章也写得很好,可是迟迟不肯动笔。有时候已经开了头,写着写着半途而废。他留下来的文稿,有许多小标题,标题后面连要写的字数都计算好了。我一直觉得两组文章没写完太可惜,一是记录祖父那辈的老人,譬如本书中的《记锡琛先生》,还有就是他的那拨好朋友,那些被打成"右派"的难兄难弟。

这本书的名字父亲生前就定下来,当时省作协有书号,答应为他出本书,父亲很认真地编,一次次跟我讨论书名。后来没了下文,为这事他一直很郁闷。父亲过世后,我屡次想到把遗作印出来,可是也碰了几次钉子。父亲生前很反对花钱买书号,觉得这是对自己文字的一种羞辱,是水平不够的表现,这当然有些书呆子气,然而这想法多少也影响了我。有一次,我对堂姐小沫说,实在不行的话,花钱就花钱吧,我必须要对父亲有个交待。

现在这本书终于可以出版,没有花钱买书号,为此我感到很激动,父亲地下有知,也会十分感慨。十五年前,汪曾祺先生来南京开会,在夫子庙状元楼的电梯里,他很认真地对我说:"你父亲的散文,我都看了,很干净,没有一个多余的字——"很多人都跟我说过父亲的文章,常常是一种赞美语调,而我没有一次不是内疚,因为父亲的遗作还没有成书。

父亲为文和为人一样,都很至诚,都是用心血筑成。

的确,以前我与许多人一样,以为叶至诚是吃祖宗饭的人,所以,也就选择了编辑这个行当,但是,当我读完《至诚六种》以后,让我大吃一惊的是叶至诚的散文不但文字清通简约,干净利落,而且其思想也颇为深邃。如果他从上世纪五十年代就开始笔耕不辍,其作品的质量并不比其他几个人差,也许是一种惰性的力量让他过早地进入了散淡的人生境界，也许是那一场"探求"所带来的精神创伤，让他远离了创作。无论如何，那种"写而不写"的状态，折射出的是一个灵魂的迷茫。

殊不知，叶至诚何尝不想放达地去写文章呢？他的文字功底那么好，却为什么就是写不出文章来呢？其中的苦楚他又能够向谁去吐露呢？

而冰心先生的感触角度完全是不同的，她在读到叶至诚的文字时，只是联想到自我的经历有感而发的："今天我正在阅读一本《未必佳集》，是叶至善同志兄妹三人自谦之为'习作选集'的，里面好的文章不少，但是在'至诚之页'中有一篇特别引起我的注意，那就是《假如我是一个作家》。我在六十年前写过一首诗，用的也是这个题目，可是我的意境就比他的狭仄多了！我只是要'我的作品'，能够使人'想起这光景在谁的文章里描写过'，'听得见同情在他们心中鼓荡'，'当我积压的思想发落在纸上时'，'我就要落下快乐的眼泪了'。至诚同志却要努力于做一件今天并不容易做到的事，那就是'在作品中有我自己'，他说'我……你……他的作品'都以'你的灵魂你的外貌出现在读者面前……然后，就真正的有了百花'。"这是一个作家的感慨，而非一个想当作家却又是一个编辑的无奈之言。

而作为一个旁观者，在这段文字中，我深深感到的却是另一种悲哀：作为一个编辑者的叶至诚，自己的思想不能用艺术的形式表达出来，或许感到的是有些文章写得还不如自己，尤其是对于一个有着极强写作能力的人来说，是一件多么痛苦的事情啊，借用编辑他人文字的机会来宣泄自己心中的块垒，这是何等凄凉悲痛呢！

汪曾祺说叶至诚的文字"干净""没有一个多余的字"，那只是从语言形式的层面来评价叶至诚。

我特别喜欢叶至诚写烟酒与美食的文章，他的《自嘲集》中的《戒烟》《又说戒烟》《再说戒烟》《着肉搔痒》《吃河豚》《酣醉》可称得上上品之作。把瘾君子惟妙惟肖的神态和错综复杂的心理刻画得入木三分：没有烟，面对稿纸一夜无字的痛苦；戒烟合同成为一纸空文的笑谈；直至"开眼烟""闭眼烟"和"续梦烟"的描写，最后终究归于"也有人在各色名烟面前，还能守住第一支这道防线，却受不了痛苦、苦闷、忧虑、烦恼、焦急、无聊……种种情绪的折磨。其实，这些都是更为强烈的诱惑，肚子里饿狠了的烟瘾虫往往乘着这种种情绪，一声声向你召唤，诱发你可怜自己，促使你前功尽弃呢"。把一个戒烟者灵魂深处的瘾虫都一一抖搂出来的本事不是每一个瘾君子都有的本领。

他写醉酒就更有趣味性了，文中写了不少"探求者"喝酒的故事，他自称酒量大，"在下的酒量与高晓声相当"，可就是在《酣酒》中，他描写自己醉酒的故事最为生动：醉酒后在澡缸里呼呼大睡，被人抢救后，一觉醒来，见自己赤条条地躺在床上。于是总结道，"果能跟那一晚一样：乐融融和朋友们相聚，兴冲冲拼酒赌胜，笑呵呵走进洗漱间，泰悠悠脱光身子，美滋滋躺进浴水，假如当真就此一睡不醒，倒好算得是世界上最安乐的'安乐死'了。"看似旷达的文字背后潜藏着作者一生多少的辛酸泪啊。

的确，对于一个 1948 年参加革命工作的干部来说，这个历任九分区文工团文艺教员，苏南区党委宣传部文艺处干部，中共江苏省委宣传部文艺处干事，江苏省文联创作委员会副主任，南京市文化局剧目工作室秘书，南京市越剧团编剧，江苏剧团编剧，《雨花》副主编、主编的老同志，他并没有太多的光环可以炫耀，比起"探求者"其他三杰，他在创作道路上处于长期的写作休眠期，他用编辑的外衣遮挡住了创作的心跳，以防自己的灵魂再次出窍。

所以，他最耀眼的勋章就是 1988 年获得的中国作家协会颁发的全国老编辑荣誉奖。"官"至《雨花》杂志主编。

他的悼辞本应该是另一种写法的，可是历史就是这么无情。

2018 年 7 月初稿于布宜诺斯艾利斯至广州航班上
9 月 18 日凌晨 3 时修改于南京依云溪谷
9 月 19 日凌晨改毕于南京依云溪谷寓中
原载于《雨花》2018 年第 12 期

第二辑 勘破风云

宠辱不惊　勘破风云
——记百岁钱谷融先生

一直想完整地写一篇描写钱先生的文章，总觉得无从下手，总是怕在文辞表达不当处冒犯了这位前辈学者，便只是在散文随笔中略略地勾勒几笔他在生活中的行状与面影，即便如此，那片言只语的素描也有人喜欢。我想，读者诸君肯定不是喜欢我的文字，而是十分喜爱和欣赏钱先生"这一个"有着独特性格的人。他率真的未泯童心正是这个人人戴着人格面具时代难以打捞的人性中本质化的精髓，这也许就是钱先生长寿的秘诀。

华东师大中文系为纪念钱先生百年寿辰，已经是第三次敦促我写点文字了，非我不想写，而是不敢写。照理说，从二十世纪八十年代中期起，我就追随先生编写中国现代文学教材，每一次聚会都是一次人生的大课，华东师大另一位大钱先生四岁的徐中玉先生，也是我编写《大学语文》教材的引领者，而他们俩恰恰都是南京大学前身中央大学的校友，我们又与华东师大中文系的许多教师都是好朋友，钱先生的许多弟子也与我过从甚密，尤其是他的开门博士吴俊现在又是我的同事，于情于理我都想写一篇文章为钱先生的百年诞辰献上心香一瓣。但是，面对这样一个我最尊敬的前辈学者，生怕自己有半点文笔上的差池而亵渎了钱先生的伟岸形象，因为我也是一个放浪形骸的写者，而我最想写的就是钱先生生活中的点点滴滴，因为那才是人性最真切的一面。

其实，想写钱先生的生活行状已经构思了很久很久了，缘由就是钱先生的学问早已是被历史所定格了，自不必多说。但能够把钱先生的性格和内心描写得令人信服而有趣的文章还不多。显然，让我这个"半吊子文人"来描摹一个多面体、立体化的大师级人物，肯定是笔力不逮的，但是我还是想尝试一下。

那时，作为一个初中生，在轰轰烈烈批判各种各样的"反动言论"的时候，我们是影影绰绰地知道上海的巴金和钱谷融的人性论是在批判之列的，理由很简单，"世界上没有无缘无故的爱，也没有无缘无故的恨"。直到读大学的时候，我们才在"文学理论"课上读到了钱先生的《论文学是"人学"》的长文，针对这个文学的根本问题，我们展开了长时间的讨论。用先生在1957年的话来说，"高尔基曾经作过这样的建议：把文学叫作'人学'。我们在说明文学必须以人为描写的中心，必须创造出生动的典型形象时，也常常引用高尔基的这一意见。但我们的理解也就到此为止，——只知道逗留在强调写人的重要一点上，再也不能向前多走一步。其实，这句话的含义是极为深广的。我们简直可以把它当作理解一切文学问题的一把总钥匙，谁要想深入文艺的堂奥，不管他是创作家也好，理论家也好，就非得掌握这把钥匙不可。理论家离开了这把钥匙，就无法解释文艺上的一系列现象；创作家忘记了这把钥匙，就写不出激动人心的真正的艺术作品来。这句话也并不是高尔基一个人的新发明，过去许许多多的哲人，许许多多的文学大师都曾表达过类似的意见。而过去所有杰出的文学作品，也都充分证明着这一意见的正确。高尔基正是在大量地

宠辱不惊　勘破风云

阅读了过去杰出的文学作品，和广泛地吸收了过去的哲人们、文学大师们关于文学的意见后，才能以这样明确简括的语句，说出了文学的根本特点的。"在那个缺乏常识的时代里，能够有这样的洞见，已经是不容易了，何况这个常识至今尚有用。钱先生说自己这辈子没有说过后悔的话，则是因为这个话是真理，同时，也反证了钱先生追求真理的执着性格。那么，我们如何用这样的一把总钥匙打开钱先生的心灵之窗呢？

其实，一个学者一生当中只要有一个论点被实践证明是有效的，且历经时间的考验而经久不衰，他就是一个有学术贡献的人，钱先生就是这样的一个大学者。

我觉得更值得书写的是钱先生对生活的态度，如果仅仅用热爱生活来概括先生的一生，恐怕过于肤浅了，他应该是那种洞悉人世的仁者，也是那种用物质生活去丰富自己内心与灵魂的大智者。唯有此，我们才能从中找到钱先生对"人学"的最好阐释。

宠辱不惊，闲看庭前花开花落；
去留无意，漫随天外云卷云舒。

这是陈眉公辑录的《幽窗小记》中记录的明人洪应明的对联，而洪应明则是《菜根谭》的作者。以此来形容钱先生的生活状态，应该是再合适不过了。

自"反右"斗争以后，先生沉寂了，投身于世俗生活之中，将变幻莫测的政治文化生活置于脑后，这一段生活的记录，我尚未见到文字记载，我不知道钱先生有无日记的记录，倘若有，当是有着活化石意义的史料。直到上世纪八十年代，我才在一次次的会议上与景仰已久的钱先生有交往，一开始我就被他率真坦荡的人格魅力所吸引，原来以为是一脸严肃的学者形象，其实是一个鲜活有趣的可爱人物。头上永远戴着的那顶贝雷帽几乎成为钱先生形象不可或缺的性格象征。活泼、开朗、率性、真诚，而唯独没有的是机心。

那一年在《中国现代文学史》统稿会议上，大家在宜兴住了几日，我们就有了一段较长时间的接触，我们一干年轻人往往在背后调侃揶揄诸位老先生们，尤其是钱先生，包括他的学生，都是把先生的行状与语言模仿得惟妙惟肖。

我们去茶厂品茶，大家尽管称赞茶好，但没有一人像钱先生那样认真去品茶的，茶过三巡，大家都开始换盏重续，直喝得肚皮胀大，约莫勾留了一个多钟头，便都起身欲回宾馆，而偏偏是钱先生余兴未了，只见他稳如泰山地坐在藤椅上就是不起，不紧不慢道：你们先回吧，我还要再吃两浇。无奈之下，大家也就只能重新落座陪饮。此番喝茶，足见钱先生对茶的钟情，对饮的认真，现在回想起来，这更是先生对生活一丝不苟的态度。

更有趣的是钱先生在宴席上天真烂漫的行状，让我们事后边模仿边前仰后合，让无知的我们只看见了人生皮相的一面，却没有体味到人性的"真知味"。那日，宴席上倒是上了几道高档的菜肴，比如一大盘扇贝端上来，中山大学的吴宏聪和金钦俊先生说，这么大的扇贝在广州得一百多元一盘，要知道当时我们的月工资

宠辱不惊　勘破风云

至多也不过如此，说时迟那时快，钱先生端起了盘子一边往自己碗里拨，一边说：这个我喜欢。少顷，又有清炒大虾仁上桌，先生仍然如法炮制。后来又有螃蟹造型的大紫砂器皿端上来，竟满是蟹黄和蟹肉做的蟹粉豆腐，先生再三复之。我们交头接耳，低声附耳传之：他老先生喜欢，我们就不喜欢了吗？这顿饭让我们永远记住了先生的率真与童趣，如今那一干年轻人现在也都是老人了，可是每每相聚，仍然念念不忘当年的这场宴席，虽然宴席无酒，但是先生的风趣让我们醉了大半辈子！

　　如果钱先生是一个擅饮者，也许就会给我们留下更多无数有趣的故事，可惜他不喝酒，至多就是抿一小口而已，或者是一点点红酒。我没有问过先生的饮酒史，究竟是不能饮，还是戒过酒？不得而知。也许亦如明朝陈继儒在《幽窗小记》中所言："食中山之酒，一醉千日。今世之昏昏逐逐，无一日不醉，无一人不醉，趋名者醉于朝，趋利者醉于野，豪者醉于声色车马，而天下竟为昏迷不醒之天下矣，安得一服清凉散，人人解醒，集醒第一。"我总以为先生是与酒交友者，猜度先生一生当中可能有过痛饮史，因为酒也是能够体现人的真性情的尤物，当然，倘若先生讨厌如刘伶解醒那样无行者也就罢了，似乎先生少饮和不饮，让他的性格中缺少了一点灿烂的色彩。然而，有人一直把先生比作菩萨，我想，也许是佛家思想对参透人生更让先生动心："酒能乱性，佛家戒之；酒能养气，仙家饮之。余于无酒时学佛，有酒时学仙。"（《幽窗小记》）先生大约是想永远做一个集醒者吧，有酒无酒心中都有一个佛，那个佛就是大写的"人性"！他养的是深藏不露的浩然之气。

前年看到有记者采访钱先生，最后仍然回到他的饮食上，先生说他最爱吃澳龙，因为价格太贵，不得已求其次，才是三文鱼。这立马让我回忆起三十多年前的一幕幕生动的场景。先生尚能鱼虾，这是先生健康的标志。

去年参加全国作家代表大会，早晨一进大餐厅，一眼就认出了那顶夺目的贝雷帽，立刻上前请安，先生仍然一字一顿地突出两个字：丁、帆。精神矍铄，思维清晰的先生让我动容，我们就在餐桌前合影。

先生百岁寿辰，总要献上几句祝福的话，我却仍然想用陈继儒的文句来概括先生百年人生，惟有此，先生才能将自己的生命延续到永远。

"澹泊之守，须从秾艳场中试来；镇定之操，还向纷纭境上勘过。"

因为先生用了一百年的时间试勘了"人学"的风云，今后的白云苍狗早已被先生勘破。

2017 年 7 月 4 日于仙林大学城依云溪谷
原载《文学报》2017 年 8 月 3 日

启蒙是启蒙者的悲剧

噩耗传来,王富仁先生的形象在我的脑海里却反而更加明晰起来了,作为百年来接过鲁迅启蒙火炬的领跑者之一,他的学术研究和传导的启蒙主义价值观延续了四十年,其一生已经无愧了。他与这个世界的决绝方式是那样的果敢和坚毅,却让我们这些苟活者有了些许警醒,在那些肩扛着闸门的人群中,尚有无数的启蒙者去替补这份重任。如若启蒙队伍里还有前赴后继者,富仁先生在天之灵也会像"鲁迅先生笑了"(郭沫若先生语义反用)那样欣慰的。

近四十年来,作为高举着启蒙大纛的"京派"学者,钱理群先生和王富仁先生无疑是旗帜性人物。尽管这四十年当中我们经历了许许多多的文化风雨,我们经受了各种各样中西观念的冲击,但是始终能够坚持现代启蒙精神,并矢志不渝地坚守鲁迅先生文化批判价值立场者的队伍却是愈来愈稀少了,眼见着许多打着各式各样旗号的"遗老后少"们成了政治与商品宴席上的座上客,他们却坐在铁屋子里的冷板凳上为中国现代文学的学术性和学理性继续勘探着本是无路的荆棘小路。他们滔滔不绝的演讲为无声或喧嚣的中国留下的是一种精神财富,尽管它在这个时代的回声是微弱的,甚至有些空洞,但是,只要薪火尚在,历史终究会做出公允的评判,他们的这些工作给我们从事中国现代文学研究工作的学人做出了榜样。

其实，我与王富仁先生的交往并不是很多，私交也不是很深，但是，仅仅几次的深谈，就足可引为知己与同道者，这让我对王富仁先生另眼相看。记得1985年文学研究所和《文学评论》编辑部在昌平的"爱智山庄"开办了俗称"黄埔一期"的研修班，作为班长，我有时负责接待讲课的教师，王富仁先生那时还是一个刚刚获得博士学位不久的年轻教师，然而，大家都被他的演讲折服了，许多人都说他思想的深刻性来自他的才华，我却不以为然。我认为王富仁的学术思想之所以能够洞穿中国文化的弊端，除了其批判力度外，不外乎两个因素：一是同类文化文学的比照；二是毫不犹豫的价值立场。

首先，王富仁先生的知识结构与绝大多数从事中国现代文学的研究者是不同的，其俄罗斯和苏联文化文学的修养，就决定了他对中国现代文学研究的深度，因为百年来的中国文学始终是亦步亦趋地跟着它们的足迹走下来的，尤其是苏联文化与文学的"左倾"思潮的深刻影响，对中国文学造成的后果既是显在的，更是隐在的，关键的是中国现代文学的许多研究者对此习焉不察，一个缺乏文化和文学参照系的文学现象和文学史，是无法确定坐标的。诚然，我们绝大多数的学者都是以中西文化和文学为参照系来确定坐标的，而这样单一的坐标思维方法一旦成为一种惯性，就会使得我们的学术思维僵化，因为这种有着落差和反差的参照系追求的只是异质性比较，却少了其同构性的比照，因此，王富仁的知识结构和其深厚的俄罗斯文学的修养就使得他的视野与众不同，往往是在源头上找到了其滥觞的因果关系。尤其是他对俄罗斯文学"黄金时代"批评巨擘别林斯基的推崇,就决定了他治学的批判价值立场的坚定性和独特性,总是与那些时髦和时尚的西方现代和后现代的批评迥异,用冷兵器时代的矛去戳破当代文化坚硬的壳,看似有点堂·吉诃德与风车作战的没落骑士的滑稽可笑,但这正是现代知识分子所缺乏的那种鲁迅所倡导的韧性战斗精神。我们不知道这是一个学者的幸还是不幸。

另一个让王富仁先生的文章更加丰富和深刻的因素就在于他能够清晰地厘定"我们"与"他们"的阵线。记得他在一次中国现代文学研究学的年会上所做过的一个主题报告里,明确地提出了这样的观念。以我浅显的理解,王富仁先生这样的提法就是明确了在十分复杂的文化环境中,一个知识分子所应该秉持的文化价值立场——既不做马克思主义所诟病的某种意识的"传声筒",也不做商品和消费文化的奴隶,对这种"坐稳了奴隶"的所谓现代知识分子的不屑时常隐晦地表达在自己的文章和演讲中,几乎成为王富仁先生的一种思维惯性,也就是钱理群先生最终概括为的那种"精致的利己主义者"导致的中国知识分子群落真正的溃退,所以,仅存的"我们"尚有多少呢?多乎哉,不多也!到处都是倒戈的"他们","我们"死在路上,"他们"生在金碧辉煌的后现代的途中,抑或又活在金光大道的旧文化的中兴之中。"我们"不能自已,"他们"春风得意,这是你撒手人寰的理由吗?呜呼哀哉!富仁先生,你是在天堂中彷徨,还是在地狱里呐喊?

王富仁先生对鲁迅精神有着与众不同的理解,然而最为精辟也是最切近鲁迅思想的本质特征的是"人性的发展是鲁迅终身追求的目标。……这种批评不是依照西方的文化价值观念，宣传西方的某些固定的思想，而是对中国传统文化的一种新的解读、反驳和批判，尤其是对儒家文化的一种批判"。这就是鲁迅"掊物质而张灵明，任个性而排众数"的独特阐释，这就是他认为的"鲁迅的思想一直未被真正的重视"的结果。我以为王富仁先生此话背后的隐语应该是：在鲁迅逝世后的八十年来，鲁迅研究从来就没有被冷落过，一直是一个热门的研究领域，也成了一种显学，但是，鲁迅先生的文化遗产始终是被当作时尚思想潮流的工具来使用的，鲁迅研究的泛化和庸俗化使得我们在鲁迅研究上的实用主义思潮抬头，凡此种种，让王富仁这样的学者就不得不担心鲁迅研究走上歧途，这种担心恐怕不是没有道理的。王先生认为知识分子有三种价值立场：公民立场、同类立场和老师立场。我以为最适合的还是启蒙的传道授业的老师立场为好，当然"教师爷"的头衔却是万万不可以戴上的，那样就违背了现代启蒙的初衷了。

王富仁先生说他是一个"没有文化家乡的人"，他既是"北方文化的叛徒"，又是南方文化曲折隐晦的诟病者。以我的理解，王富仁先生对那种工具性的宏大意识形态叙事是有保留意见的，同时又对那种曲曲弯弯、絮絮叨叨的文本细读却又不能清晰地表达自己观念的研究工作提出了意见。其实，他是一个有文化家乡的人，因为他的文化家乡落在了鲁迅所倡导的人性家乡之中，所以他才是一切反人性文化的叛徒！

王富仁先生以他的那种与世界告别的特别方式谢世，也许是许多人不可理解的地方，但是，我以为这亦是知识分子另一种面对世界的选择，这种选择虽不为大勇者所为，却也表现出了一个智者看破红尘、回归自然的理性。

作为一个启蒙的教师，他也许在那个冷月的夜晚复读了鲁迅的诗歌："两间余一卒，荷戟独彷徨。"在悲观的意绪之中，他便选择了他应该选择的告别方式。

于是，似乎启蒙往往是启蒙者的悲剧。

原载《文艺争鸣》2017 年 07 期

那双炯炯有神的目光

浙江文化闻人、茅盾研究专家钟桂松,以及清华大学王中忱教授与东北师范大学王确教授共同发起为孙中田先生出一本纪念文集,嘱我也写篇文章,我便立马提笔。

2015年的暑假期间突然收到孙中田先生去世的讣告,顿感十分震惊,照理说,一个八十八岁的老人离世已经是"老喜丧"了,为何还要如此震惊呢?那是因为我在此之前去东北师大公干时,还专门请王确院长陪同我去府上拜访看望过先生,在他阳光灿烂的书房里,我看到孙先生精神依然矍铄,还练上了书法,更让我不能忘怀的尤其是他那双炯炯有神的眼睛里,仍然放出了那逼人的光芒。

第一次见到孙先生是三十三年前,地点是北京朝内大街166号人民文学出版社的茅盾全集编辑室,那时我和原东北师大的青年教师王中忱都是"驻社编外编辑",经常接待来来往往的主要专家编委,除了北京高校的专家编委外,上海的邵伯周先生和吉林的孙中田先生都是经常来京的外地专家编委,在外地的专家中,查国华和丁尔刚也已陆续驻社了。那天,中忱兄把孙先生接到编辑室来,尚未做介绍,我就被那双炯炯有神的眼睛逼视住了,那束目光逼视得你羞于、怯于面对,心底里平添了几分畏惧,加上叶子铭先生在揶揄调侃的言谈中戏称他是"东北虎",便又添了几分恐怖。看到他不如一般的东北人长得高大威猛,想起的是张学良

"小老头"的身段和手段,脑子里浮现出的却又是"貌不惊人,却做大事"的幻象。果然,他一开口就把我震慑住了,说"声若洪钟"一点都不过分,丝毫没有文学描写的夸张修辞手法。反正第一天我没有敢和他说话。

其实,孙先生是一个十分和蔼的人,除了在编辑部的会议上,他的发言充满着慷慨激昂的情绪外,其他场合则是节制有度的。说实话,所谓的慷慨激昂情绪并非他的激情所致,完全是由于他说话的语调给人造成的错觉,因为平时在生活中与你心平气和交谈时,其声调也是高八度的,当你习惯了他的语调和语气以后,他的可爱可亲之处就会凸显出来了。

那一年"青年茅盾研究会"在扬州召开学术研讨会,请了几位老一辈的茅盾研究专家演讲,在满满一礼堂的听众面前,孙先生的演讲竟然不要麦克风,也没有任何讲稿,完全是即兴脱稿发言,至今我还记得他那炯炯有神的目光扫视全场时的威严与凝重,那目光的偶尔游移,一白,向空中一瞥,似乎是在回忆着什么。我想,他或许是在背腹稿呢。那"声若洪钟"的演讲给我留下的印象太深刻了,至今,演讲的内容我已经无法回忆了,但是他那洪亮的演讲回声却久久回响在我的耳畔。

孙先生虽然嗓门大,脾气却是很好,在我接触的那个时代的老一辈学者当中,他显然是属于那种与世无争的人。他担任中国茅盾研究会副会长多年,却从来都不参与那些争名夺利的事情,那种淡泊应该是与生俱来的吧。历经过无数次的政治运动,也无半点整人的劣迹,这一点在老一辈的学者中也属不易,正直坦荡并不是所有的知识分子都能够秉持的良知。

　　茅盾研究的老一辈学者陆陆续续地走了,叶子铭、邵伯周、查国华、孙中田……他们在茅盾研究的学术"沙滩上"留下了一串长长的脚印,同时也为中国现代文学的研究留下了一串长长的问号,他们给我们的启迪是什么?这恐怕才是最重要的学术遗产吧。

　　仿佛孙先生的那双炯炯有神的目光在注视着我,仿佛孙先生那声若洪钟的音响还萦绕在我的耳畔。这来自天堂的目光和声音时时在敲打着我的灵魂!

那年我的朝内大街 166 号

年前的一次聚会上听现任的人民文学出版社社长管士光兄说，朝内的大院要拆了，不由得心间悚动了一下，三十年前的许多往事涌上了心头。

1984 年冬至 1985 年夏，我随叶子铭先生前往人民文学出版社参加《茅盾全集》文论十卷的编纂工作，走进朝内大街 166 号大院的人民文学出版社，真的有一种神圣的敬畏感，倒不是那个院子有多么气派（那院落与人民出版社共有，甚至显得有些寒酸、狭小与破落），而是见到了许多著名的编辑家和文学家，心中十分感佩。虽然各个编辑部就挤在进门右手的那栋在二十世纪八十年代尚不显得陈旧的大楼里，但人气还是很旺的，真是往来无白丁，行走的都是有来头的文学家。在二楼的"茅编室"往下看，每一个出入"人文社"的人都可尽收眼底，我的办公桌就在窗前，头一伸便可看见院子里的一切，于是这里就成为我观看"人文社"风景的一个"窗口"。

"茅编室"

因为茅盾在我国文化与政治上的特殊地位，尤其是中共中央决定追认他的党籍从中国共产党诞生时算起，所以《茅盾全集》编委会的阵容是十分壮观的，主任委员是周扬，副主任委员是孔罗荪。按姓氏笔画排名的委员里有丁玲、巴金、韦君宜、戈宝权、王瑶、王仰晨、叶子铭、叶圣陶、冯牧、冰心、孙中田、刘白羽、艾芜、许觉民、阳翰笙、张天翼、张光年、沙汀、邵伯周、陈学昭、陈荒煤、周而复、周扬、罗荪、欧阳山、姚雪垠、胡愈之、唐弢、夏衍、郭绍虞、梅益、曹靖华、黄源、楼适夷、臧克家。其实这个班子里一开始管事的是孔罗荪，编委会开过几次，主要事务是专家学者过问多一些，而官员人物中，时常会做一些指示的人恐怕就是黄源同志了。组建的"茅编室"是由叶子铭担任编辑部主任，早期加入的几位茅盾研究专家和学者是孙中田、邵伯周、查国华、吴福辉、王中忱，后来又调了内蒙古包头师专的丁尔刚。社里后来又调进了张小鼎和瞿勃（瞿秋白侄儿）参与《茅盾全集》的工作。那时"人文社"又进了一批七七级、七八级的毕业生，其中有两个武汉大学中文系的毕业生李昕和刘拙松也一并入社，其中一个分配到"总编室"，一个分配到"茅编室"，进"茅编室"的就是刘拙松。当时还有两个临时帮忙的年轻人，他们专管跑资料，后来因调进了牛汉的女儿史佳，也就辞退了两个年轻人，外调资料的重担就交由我与刘拙松了，当然，拙松跑各大档案馆和图书馆的时候更多，往往一出去就是一天，午饭都没法正常吃。

　　那时我们正年轻，也能吃苦，整天没日没夜地看稿一点不觉得辛苦，记得有一次让我突击编辑校勘《走上岗位》，拿到手的稿子是茅公用毛笔写在毛边纸上的手稿，我几乎是三天三夜没有睡觉，在兴奋中完成了校勘与编辑的，因为我的兴奋点都集中在那种无穷的窥探欲之中，就是透过台灯的灯光来琢磨、推敲、甄别、判断手稿所书写的原来的字句，这也成为我校勘所有十卷文论时的癖好，几个版本不同时期的修改，真是可写一部学术专著了，可惜的是，那些校勘稿我没有留下备份，几年后想操刀著述，却无从下笔了。我想，大约所有做编辑工作的人都会有同样的嗜好吧，当年刘拙松也就是一个刚刚踏上工作岗位的年轻人，但我常常看见他就着灯光翻来覆去地勘验，也就会心一笑了。

我在"茅编室"把文论十卷本校完编好就离京回原单位工作了，吴福辉去了中国现代文学馆，王中忱调往丁玲主编的《中国》杂志社，孙中田和邵伯周先生基本上不驻京，而叶子铭先生则是半年在"人文社"，半年在南大工作，而常驻在"人文社"的是查国华与丁尔刚两位先生。随着《茅盾全集》逐步完成，非社人员逐渐退出，最后退出者大概是丁尔刚先生吧，他最后去了山东省社会科学院，刘拙松后来也回了湖南老家，供职于湖南文艺出版社，其"茅编室"日常工作和扫尾工作均由张小鼎先生担任，直至"茅编室"撤销。

当时社里抓"茅编"工作的领导是张伯海总编，他是山东大学中文系毕业的，为人厚道，工作勤勉，那时的组织观念甚强，我虽为编外编辑人员，进社工作时张伯海先生还是找我谈了一次话，大意无非就是这个工作的重要性和勉励年轻人的一些话，直到大半年后我要离开"人文社"的时候，他又找我谈了一次话，也无非是感谢、表扬、鼓励之类的话，但是给我留下最深刻印象的是，他从书柜里拿出了一套罗曼·罗兰的《约翰·克里斯多夫》和另外几部社里出版的世界名著赠送给我，留作纪念，我便匆匆结束了谈话，兴奋地遛出了办公室翻书去了。后来他调离了"人文社"，去创办了中国第一个出版印刷的大专院校。

在我一生当中，最害怕接触的就是那种不苟言笑的前辈，起初我见叶子铭老师时也是战战兢兢的，因为他是一个十分严肃的人，似乎不易近人，但是经过长久的交往，你才能感觉出他人格的热度。王仰晨先生也是我最敬重的老编辑之一，但是他在我的心目中总是有一种距离感，虽然他的勤勉与严谨赢得了"人文社"上上下下、里里外外的交口称赞，然而，我对他还是有一种莫名的畏惧感。当时他兼顾着三部全集的编纂工作，一是未了的《鲁迅全集》，二是正在编纂中的《巴金全集》，三是上马不久的《茅盾全集》，其精力投入之大是可想而知的，但是他默默地扛下来了，毫无怨言。我每每向他交稿时，心中都很忐忑惴惴，生怕出错，他不多言，我也很少与他交谈，偶尔他也下楼来嘱咐几句，总是极简约的三言两语，指出勘误亦似乎是漫不经心，但你仔细回看却会时时惊出一身冷汗，这就是那种不着一句就让你一世谨记的人格力量吧。直到我离开"人文社"时，他也没有找我谈过一次话，却给我递上了一封信，虽然也是一些表扬勉励的话，但是由于形式的不同，其留在我脑海里的印象深度也就有所不同。离开"人文社"以后也就断了音信，但是1991年6月29日他给我来过一封信，主要内容竟然是请我帮助查一下南京师院《文教资料简报》第49期是1976年哪月出版的，接信后我就立即查阅回复了他，我仍然像他的一个下属那样尽量快速圆满地完成任务。我永远记得他在信中写的最后一句话："年轻多么好！愿你永远年轻！"当前些年听到他逝世的噩耗时，想起了他的这句话，不禁热泪长流,是的,一个人在年轻的时候对青春的消费是毫无感觉的,只有他进入暮年时才会体味到年轻的可贵。当我今天走向暮年时,我才能体味到王仰晨先生这句话的分量,我只能祝愿我敬重的前辈们在天堂里青春永驻。

遭遇作家

《当代》编辑部就在"茅编室"的旁边,那时的老编辑如今都已经退休或作古了,刚刚故去的刘瑛也是那时的中青年编辑之一,而那时刚刚进编辑部的 G 君,还是乳臭未干的小年轻呢,他对《当代》的贡献很大,却也英年早逝了。

那年时常看见一些被称作年轻作家的人来"人文社"改稿,如果说是改长篇小说来与编辑部沟通,还有一个说头,而那时候一个中篇小说,甚至一个短篇小说都时常将作者从外地调进京来改稿,作为国家最高级别的出版社就是这么任性,而被呼来改稿的作家们非但没有任何怨言,而且还将此作为一种神圣荣耀和资本,向世人摆谱炫耀,真所谓"店大欺客,客大欺店"是也,我是没有见到大客,倒是见到了那些后来变成了大客的作家。

常常在食堂里看到在改《活鬼》的河南作家张宇,他很是健谈,把修改的路数一一和盘托出,因为当时我正在从事乡土小说的研究,想起了三十年代彭家煌的那个短篇《活鬼》,便建议可以参照其中书写原始人性的东西。又常常看见甘肃作家邵振国穿着一双圆口布鞋蹲在院子里发愁,愁的是他那个《麦客》怎么"开镰"。我就是那时认识的这位诚朴忠厚的西北作家,近三十年后,我们在兰州重逢,真是感慨万千,尽管我们时而还保持着联系,但是,见面回忆起往事,更是唏嘘不已。贾平凹那时已经算是不大不小的"客"了,因为我 1980 年就在《文学评论》上发表了评论贾的文章,与之过从甚密,因为我要写评论稿,平凹就把"鸡窝洼人家"系列中篇的手稿先交与我看,哪知道《当代》的某一个编辑打上门来,不容我看完原稿就毫不客气地讨要,那种颐指气使的口吻真是令人发指,她还以为自己真是个人物呢,倘若不是碍着平凹的面子,我真懒得理她,这就是自以为靠着店大可以欺客的小人编辑的行状。当然,遇到大客,还是要精心伺候的,那时"当代组"的编辑夏锦乾兄正在重新编路翎的集子,而他每天都往路翎家里跑,不厌其烦地与之沟通,回来后就滔滔不绝地给我们描述路翎的生存惨状。因为路翎刚刚出狱不久,人已经几乎呈痴呆状了,生活得一塌糊涂,每每在食堂里听到锦乾兄谈及交往中的细节,真是感慨万端,一代风流竟落得个如此境遇,悲哉。

最有意思的是蒋锡金来了!那天蒋先生从东北来,并且与我同住一个屋,这是我在"人文社"那段光阴中活得最精彩的一天一夜。王中忱兄本是与我住一个宿舍,因为那时他夫人已经调到了北京语言学院,所以家也就落在那里,平时他就住在家里,他在"人文社"的宿舍床是空的,于是平时我就独霸一个宿舍了。王中忱本来就与蒋锡金同为东北师大同事,因此让他来"人文社"住一宿是顺理成章的事情,况且蒋老与"人文社"也有着深厚的友谊。

那天,他是来见好友丁玲的,下午到了"茅编室"的宿舍就开始与我聊天,奇怪的是,他不喝我给他倒的茶,却从包里掏出一瓶烈酒，以酒代茶，对酒当谈起来。当然，聊天的内容无非就是两个主题：一是与丁玲的交往，以及由此而辐射到的许许多多人和事；二是谈东北作家群。在1984年，能够亲耳聆听到许多鲜为人知的老作家的逸闻趣事，你想是多么的刺激啊，满足了我对作家隐私的窥视欲望。一直听他说书似的谈到晚饭时分，我要请他去食堂用餐，他坚辞不肯，说他不吃饭只喝酒。我只得到食堂打了两个馒头便匆匆赶回，继续听他开讲。一直聊到夜里12点多钟，他竟然将一瓶500毫升装的烈酒喝光了。他亦不讲究，草草收拾就蒙头呼将起来了，我却一直沉浸回味在他那支离破碎的名人故事轶闻之中久久不能入眠。寐至凌晨3点多钟，老蒋，不，蒋老！翻身下床，摸索着开了电灯，径直走到对门，不断敲打和拍打门板，我吓坏了，对门是一个带着婴儿的小媳妇，其丈夫是"人文社"的校对，恰好出差去了。俄尔，拍门声将息，少顷，敲门声又起，如此再三，声渐止，便听得哗啦啦一阵，尔后便飘过了一阵阵腥臊恶臭之味。我赶紧呼唤：蒋先生、蒋先生……未料他进得门来，倒床便又呼将起来。我恍然大悟，原来蒋先生是在梦游之中呢。第二天吃完早饭他又去丁玲处了，而他留下的那泡尿的气味与话题却在"人文社"里飘荡了好几天呢。

有趣有味的蒋先生的面影多少年来一直在我的眼前晃动。

买书、禁书与毁书

1985年"人文社"处理一批在"十七年"当中出版的文学作品和资料，价格相当便宜，规定每一个职工都可以购买。那天，在会计室窗口，大家争先恐后地排队购买诸如"三红一创"之类的书籍，我也购买了一大堆包括系列作品选集、资料和重版的二十世纪三十年代的作家作品，兴奋了一天。

更使人兴奋的事情还在后面，时任"人文社"社长的韦君宜决定出版的删节本《金瓶梅词话》（上、中、下三卷本）即将面世，那些天这个话题让许多人奔走相告，据说能够印刷这样的"内部作品"还是由上面某一个大领导拍板的呢，作品冠以"中国小说史料丛书"出版也算是名正言顺的，实在不行，那就说是"供研究和批判用"的呗。如今打开这部书，尚可见戴鸿森在1980年所写的"校点说明"，而版权页上写的却是1985年5月第1版，印数是10000套，定价是12元。可见从戴氏校点完毕到"内部出版"供批判用，整整花了五年的时间，足见其中所经历的层层讨论和逐级审查是多么的艰难困苦，而印数10000套是远远不能满足当时的"人民大众"之需求的，我以为即便是一百万套也是会告罄的，但当时防扩散的意识还是很强的，于是规定只有一定级别的高级干部和高级知识分子才能享受购买权。好在"茅编室"如我这样的普通编辑人员也同样享受了非高级知识分子优惠的购买权，于是，那天我拿到书以后如获至宝，连夜阅读。没几天，坊间就有了私下买卖被删节部分的油印文字本了，记得要好几块钱。戴鸿森先生在"校点说明"的第三部分的"删节"中的第一段如是说："书中大量的淫秽描写，实是明代中末叶这一淫风炽盛的特定时代的消极产物，自来为世人所诟病。对正常人来说，只觉其秽心污目，不堪卒读。至于有害青年的身心健康，污染社会的心理卫生，尤不待言。兹概行删除。具体办法是：只删字，不增字，删处分别注明所删字数。这样做，为的是免致研究工作者迷惑；文情语势间有不甚衔接处，亦易为读者所谅解。全书合计删去一万九千一百六十一字。"当时我看到这里，不由得对这位冬烘先生愤愤不平起来，噢，你看过就不怕"秽心污目"，还假惺惺地"不忍卒读"，我倒是想"秽心污目"呢，为什么不给机会，我"可忍卒读"，你为什么不给条件。当然，这只是笑谈，戴先生也是无奈之辞，一切由不得他做主，此乃言不由衷、掩人耳目之辞也。殊不知，这种行为后来竟然成为名作家贾平凹在创作《废都》时运用的一种文体形式了，以此来构建一种故事的悬念，以至于达到一种商业化的宣传效应。虽为后话，却也是从中得到某种阅读的启迪。

　　作为我阅读中国小说的第一部色情作品，固然受益颇多，它使我懂得了文学与情色的关系，以及描写的尺度应该如何把握的真谛。

　　一晃三十年过去了，昔日"茅编室"的窗口即将不在，但我穿越三十年的时光隧道，分明看到的是我们这个时代在行进中的一束束金色阳光和一抹抹血色晚霞。

2014年12月—2015年3月17日完稿

"但得酒中趣，饮者留其名"的文狐

老友金实秋嘱我为他的新著《汪曾祺酒事广记》写一个序，我欣然允诺，一是因为汪曾祺是我喜欢的一个有趣味的作家，二是因为此书专写汪曾老的饮酒，我权当引吭高歌"饮酒诗"了。

在我国二十世纪作家当中，活得最洒脱的恐怕就要数汪曾祺了，无论时代如何变换，还是历经人生荣华与坎坷，他都是为自己人生的乐趣而活着，一切皆是浮云，唯有醉在自我的生活之中，他才能把灵魂寄托在芸芸众生的人生烦恼之上，只取人生快乐之饮。他并非魏晋文人与酒的关系，出世则是为了入世，汪曾祺的酒皆与出世与入世无关，酒是他的温柔之乡，汪曾祺是注定要活在酒乡里的，他是无酒不成书的作家。亦如他说老人有三乐："一曰喝酒，二曰穿破衣裳，三曰无事可做。"宁可数日无饭，不可一日无酒，当然下酒菜是要有的，所以为饮酒而做的一手好菜，这也许就是所谓酒仙的日子。

书中收集了许多汪曾祺饮酒的趣闻轶事，从中足可见出一个文人的心性，所谓酒品见人品，便是哲言。

家人说，"有一次只剩老头一人在家，半夜回家一看，老头在卫生间里睡着了，满屋酒味。"古谚道"一人不喝酒"，喝酒就是需要找一个倾诉对象进行宣泄的，所以，一般都是寻找与自己最密切的朋友喝酒，"酒逢知己千杯少，话不投机半句多。"而独饮者却只有三种人：一是酒精依赖者；二是孤傲者；三是前二者兼而有之者。汪曾祺是哪一种类型的饮酒者呢?读者诸君从此书中自己寻觅答案吧。不过从其子汪朗在《我们的爸》中所言,即可看出汪曾祺在酒精作用下倾诉出来的来自血液中的孤傲,"叶兆言的一篇文章里谈到,汪曾祺有一次跟高晓声说,当今短篇小说作者里,只有你我二人了。我觉得这话还真像爸说的,尤其在酒后。爸是个很狂的人,自视甚高。不知其他作家是不是也这样。他的文章里常引用一句古人的话:我与我周旋久,宁作我。他在外面还掖着点,在家里喝了酒有时大放厥词,说中国作家他佩服的只有鲁迅、沈从文、孙犁,意思是说,后面就是他自己了。"呵呵,这个温柔心性的老爷子,酒后吐真言了,让那些只从字里行间去分析汪曾祺的书呆子们大跌眼镜。文人相轻,乃文人本性,只有在酒后才与外人言,"2004年3月的一天,黄昏雨后,在永嘉一个码头边,酒后耳热,林斤澜说汪曾祺看不起王蒙,看不起王蒙的文章,也看不起王蒙的做官。……趁着这个话题,我忽然问:'我看你也不会在汪曾祺的眼里。'林斤澜哈哈笑道:'当然,他酒喝多了还会说自己胜过老师沈从文了。'"[1] 由此可见,文人酒里酒外的话孰真孰假,不言自明。

何以解愁,唯有杜康;何以快乐,只需刘伶。汪曾祺不是那种"醉里从为客,诗成觉有神"的灵动创作者,亦非"斗酒诗百篇"的浪漫主义作家,也不是那种"眼看人尽醉,何忍独为醒"的"同情与怜悯"式的侠客,更不是那种"斗十千"后为"长风

---

[1] 程绍国:《林斤澜说》,人民文学出版社,2006年。

破浪""济沧海"理想主义者,他真的是那种"但得酒中趣,勿为醒者传"的趣味文人,"花间一壶酒,独酌无相亲"才是他饮酒的人生态度,也许这才是一个文人酒徒的最高境界。有人称他为酒仙,无可无不可,但这个仙不是指酒量,而是指那种喝酒的境界。叶兆言曾经和我谈起过汪曾祺的酒量不过尔尔,但是他每天要饮最相思的此物。

做一个有趣的饮者,也许是汪曾祺喝酒的一种境界,这往往在他的文学作品中露出了蛛丝马迹,小说《故乡人·钓鱼的医生》写道:"他搬了一把小竹椅,坐着。随身带着一个白泥小炭炉子,一口小锅,提盒里葱姜作料俱全,还有一瓶酒。……钓上来一条,刮刮鳞洗净了,就手就放到锅里。不大一会,鱼就熟了。他就一边吃鱼,一边喝酒,一边甩钩再钓。"说实话,这种饮者在我国的现实生活中少见,即便是在文学作品描写中也是绝无仅有的,从中,我们可以见出先生对饮酒独特性的激赏,以及他对文学作品趣味性描写的美学追求。

然而,孤傲的饮者也是有酒中豪气的。在小说《岁寒三友》中,靳彝甫请陶虎臣、王瘦吾在如意楼上喝过两次酒。一次是他斗蟋蟀赢了四十块钱,一次是为救两位朋友度年关卖了被他视为性命的祖传的三块田黄,小说的结尾是这样的:

> 靳彝甫约王瘦吾、陶虎臣到如意楼喝酒。他从内衣口袋里掏出两封洋钱,外面裹着红纸,一看就知道,一封是一百。他在两位老友面前,各放了一封。

"但得酒中趣，饮者留其名"的文狐

……

靳彝甫端起酒杯说："咱们今天醉一次。"

那两个都同意。

"好，醉一次！"

这天是腊月三十。这样的时候，是不会有人上酒馆喝酒的。如意楼空荡荡的，就只有这三个人。

外面，正下着大雪。

正如金实秋先生所言："那腊月三十如意楼上的酒香在汪老心头萦绕了四十多年，终于酿就了《岁寒三友》这篇小说，让读者分享了那'醉一次'醇厚而悠长的馨香。"

孤傲饮者是否也有借酒消愁的时刻呢？就读西南联大时，汪曾祺就是一个出了名的酒徒了，醉卧昆明街头已经成为广为流传的轶事："有一次我喝得烂醉，坐在路边，他（指沈从文）以为是一个生病的难民，一看，是我！他和几个同学把我架到宿舍里，灌了好些酽茶，我才清醒过来。"[1] 也许有人会诟病这种行径：国难当头，匹夫有责。作为一个知识分子应该担当起抗敌宣传的大任，岂能贪念杯中之物？但是，作为对抗日战争的一种无奈和失望，对于国家前途的担忧却无能为力，迫使他们端起了酒杯，这也是杯中之意。所以金实秋先生同时也从梅贻琦日记（1941—

1　见《自报家门》，《汪曾祺全集》第四卷。

1946)中寻找到了许多文人饮者的行迹,以此来证明当时知识分子的心态之一斑:

> 1941年7月18日中午,清华同学公宴,"饮大曲十余杯",仅"微醉矣";当月25日晚,赴饭约,"酒颇好,为主人(邓敬康、王孟甫)及朱(佩弦)、李(幼椿)、宋等强饮约二十杯",仍只"微有醉意"。1945年10月2日所记,他还很能喝"混酒":"饮酒三种,虽稍多尚未醉"。长期出入酒场,难免也有辞酒误事或失礼的。梅先生也不例外:1941年5月23日晚,清华校友十六七人聚会,"食时因腹中已饿,未得进食即为主人轮流劝酒,连饮二十杯,而酒质似非甚佳,渐觉晕醉矣。"以至耽误了筹款的公事,"颇为愧悔"。同年12月6日又记,赴得云台宴请,因先前"在省党部饮升酒五六大杯,席未竟颓然醉矣,惭愧之至"。大醉之后,梅先生也曾发誓戒酒;1945年10月14日,晚上在昆明东月楼食烧鸭,所饮"罗丝钉"酒甚烈,"连饮过猛,约五六杯后竟醉矣,为人送归家",遂在日记中表示"以后应力戒,少饮"。而两天后(17日),他又故态萌发,在日记中惋叹:"(晚)约(杨)今甫来餐叙,惜到颇迟,未得多饮,酒则甚好。"[1]

那闻一多先生亦善饮,早在三十年代于国立青岛大学(后改

---

1 载 2016年4月11日《藏书报》。

"但得酒中趣，饮者留其名"的文狐

为山东大学）时即有酒名，时和杨振声、梁实秋等人被戏称为"酒中八仙"。浦江清先生亦是大饮者。今人钱定平曾于《浦江清日记》中发现，浦江清所记之"大宴小酌"竟有七十次之多。（钱定平《浦江清日记之境界》）而一位名叫燕卜荪的英籍教授亦是酒徒，极端不修边幅且十分好酒贪杯。有一次酒后上床睡觉时，竟然把眼镜放在皮鞋里了。第二天，一脚便踩碎了一片，只好戴着坏了的"半壁江山"去上课。[1] 所有这些饮者的行状，皆为抗战时期的一部知识分子的心灵史。汪曾祺当然也是这一饮者队伍中的一名更有故事的人了。所以金实秋把汪曾祺饮酒的文章与其他人的回忆收集在一起请诸君分享：

> 我有一天在积雨少住的早晨和德熙从联大新校舍到莲花池去……莲花池边有一条小街，有一个小酒店，我们走进去，要了一碟猪头肉，半斤市酒（装在上了绿釉的土瓷杯里），坐了下来。雨下大了。……我们走不了，就这样一直坐到午后。四十年后，我还忘不了那天的情味，写了一首诗：
> 莲花池外少行人，
> 野店苔痕一寸深。
> 浊酒一杯天过午，

---

[1] 赵毅衡：《燕卜荪：西南联大的传奇教授》，《时代人物周报》2004年11月10日。

木香花湿雨沉沉。[1]

这是诗人情怀的汪曾祺。

曾祺有过一次失恋，睡在房里两天两夜不起床。房东王老伯吓坏了，以为曾祺失恋想不开了。正发愁时，德熙来了，……德熙卖了自己的一本物理书，换了钱，把曾祺请到一家小饭馆吃饭，还给曾祺要了酒。曾祺喝了酒，浇了愁，没事了。[2]

这是浪漫风情的汪曾祺。

我在西南联大时，时常断顿，有时日高不起，拥被坠卧。朱德熙看我快到十一点钟还不露面，便知道我午饭还没有着落。于是挟一本英文字典，走进来，推推我：'起来，起来，去吃饭！'到了文明街，出脱了字典，两个人便可以吃一顿破酥包子或两碗焖鸡米线，还可以喝二两酒。[3]

这是颓废意绪的汪曾祺。

1　见《昆明的雨》，《汪曾祺全集》第四卷。
2　何孔敬：《长相思：朱德熙其人》，中华书局，2007年。
3　《读廉价书》，见《汪曾祺全集》第四卷。

"但得酒中趣，饮者留其名"的文狐

在昆明时，汪曾祺还在朱德熙家喝了一顿"马拉松"式的酒。朱德熙的夫人何孔敬回忆说："一年，汪曾祺夫妇到我们家过春节，什么菜也没有，只有一只用面粉换来的鸡。曾祺说：'有鸡就行了，还要什么菜！'我临时现凑，炒了一盘黄豆，熬了一大碗白菜粉丝。我们很快就吃完了，德熙和曾祺还在聊天，喝酒、抽烟，弄得一屋子烟雾缭绕，他们这顿饭从中午吃到下午，真是马拉松。"[1]

这是落魄文人的汪曾祺。

何兆武与汪曾祺曾住在一个宿舍里，彼此很熟，他说："我宿舍有位同学，头发留得很长，穿一件破布长衫，扣子只扣两个，布鞋不提后跟，讲笑话，抽烟，一副疏狂做派，这人是汪曾祺。"[2]

这是放浪不羁的汪曾祺。

一个一生以酒为伴的饮者，他的种种外在行状都是从酒中呈现，而他的种种内心世界的思想也是在酒后的谈吐中暴露。他应该知道其中的弊是大于利的道理的，但是你若让他断了这份念想，真是致命的。

断酒如断魂。

邓友梅说："从八十年代起，家人对他喝酒有了限制。他早上出门买菜就带个杯子，买完才到酒店打二两酒，站在一边喝完再

---

[1] 见何孔敬《长相思：朱德熙其人》。
[2] 刘文嘉：《何兆武：如一根思想的芦苇》，载《人民日报海外版》2009年12月25日。

回家。"

关于汪曾祺是否因喝酒而死,我以为这并不重要,重要的是人们能否知晓一个作家与酒的血脉关系。陆文夫先生说出了一句振聋发聩的话:"文学岂能无酒?""饮者留其名也有一点不那么好听的名声,说起来某人是喝酒喝死了的,汪曾祺也逃不脱这一点,有人说他是某次躬逢盛宴,饮酒稍多引发痼疾而亡。有人说不对,某次盛宴他没有多喝。其实,多喝少喝都不是主要的,除非是汪曾祺能活百岁,要不然的话,他的死总是和酒有关系,岂止汪曾祺,酒仙之如李白,人家也要说他是喝酒喝死了的。"[1]

这不仅道出了汪曾祺一生与酒的关系,更说出了作家的性格决定了他文章的审美取向的真谛。

我们虽然不能说汪曾祺是一个高尚的人,一个脱离了低级趣味的人,但他可以称得上是二十世纪酒趣和文趣皆备的作家。二十世纪九十年代,我曾经为台湾一家出版社编过一本汪曾祺关于美食文化的散文集,其中就说道:"从中,我们品尝到了江南的文化氛围,品尝到了那清新的野趣,品尝到了诗画一般的人文景观,品尝到了人类对美食的执着追求中的欢愉。""吃遍天下谁能敌,汪氏品味在前头。"这也许就是对汪曾祺酒趣与食趣的最高评价了。

---

[1] 陆文夫:《做鬼亦陶然》,载《深巷里的琵琶声——陆文夫散文百篇》,上海文艺出版社,2005年版。

梭罗：把世界留给黑暗和我

在瓦尔登湖畔踽踽独行的梭罗整天在思考什么呢？他离群索居的目的不是就为了欣赏这片并不起眼的湖光山色吧？当我漫步在瓦尔登湖边小道上的时候，就猛然想到了这个问题。

读梭罗的文字，你一边会被他充满野性气息的、优美如画的形而下的生动文学语言所吸引，同时又会被他那艰涩而捉摸不定的形而上哲思所困扰。

其实，作为爱默生的学生，梭罗是他们那个形而上的超验主义最前卫的践行者之一，他不惜用两年多的孤独去体验人在脱离"有机社会"时的感受，以及用决绝的生存姿态去抗衡资本主义侵入自然和原始的罪恶。

其实，作为一种学科的分类，至今尚有许多人还弄不清楚"生态变迁史"与"历史变迁的生态系统"的区别，这一点卡洛琳·麦茜特在《自然之死》中的第二章《农场、沼泽和森林：转变时期的欧洲生态》阐释得就非常清晰："关于历史变迁的生态系统观，所重视的是各个历史时期与既定自然生态系统（森林、沼泽、海洋、溪流等）相联系的资源，与影响其稳定性的人类因素之间的相互关系。把历史变迁当作生态变迁，强调的是人类对于包含人类自身的整个系统的冲击，而所谓生态变迁史，即生态系统得以维持或破坏的历史。"[1] 无疑，作为一个自由个体的自然学家的梭罗，他既不是"生态变迁史"的研究专家，也不是"历史变迁的生态系统"的理论探求者。他是一个与这个世界群居人隔绝的孤独者，他才是真正"生活在别处"的"自然人"！爱默生说这是"生活的艺术"，我却以为这是"艺术的生活"。因为梭罗才是一个真正永远"在路上"的行者，爱默生说他"自由自在地在他自己的小路上穿行"，除了获取最基本的生活必需品，他的全部精力都集中在亲近大自然当中，穿梭在原始文明的时空之中，他偏爱植物，偏爱印第安人，都是对现代文明的一种反抗。他有许多在第一线采集的植物标本，观察鸟类的记录，以及测量地理环境的档案，却从不交与官方的研究机构，因为他把这些活动当作生活的全部，把它认定为"艺术地生活着"的享受，所以他的导师爱默生才会这样定义他的学生梭罗："在他心目中每一事物都光辉灿烂，代表着整体的秩序和美。他决定研究自然史是天性使然。"在我们看来是孤独、无趣、枯燥的生活，却在他的人生航行日记中变得如此灿烂辉煌、丰富多彩，他孤独而诗意地栖居，也是他生活的全部文学艺术颤音都来自："他的眼睛看到的是美，他的耳朵听到的是音乐。他发现这些，并不是在特别的环境下，而是在他去过的任何地方。他认为最好的音乐是单弦；他能在电报机的嗡嗡声中找到诗歌创作的灵感。"用爱默生的话来说就是"他

---

[1] 卡洛琳·麦茜特：《自然之死》，吴国盛等译，吉林人民出版社，1999年4月第1版。

是适于这种生活的。""他如此热爱自然,在它的幽静中享受快乐。"[1] 他是融入自然的自然人,因为他的生活是艺术的,毫无功利性。亦如梭罗自己所言:"当时他问我怎么会心甘情愿地放弃这么多人生的乐趣。我回答说,我确信自己相当喜欢这种生活;我不是在开玩笑。就这样我回到家里上床睡觉了,让他在黑暗泥泞中小心行路,前往布莱顿——或者光明之城。"[2] 显然,把孤独当作黑暗还是光明,其答案在梭罗的世界里俨然是与常人相悖的。究竟是梭罗走进了黑暗,还是人类走向了黑暗?这是莎士比亚的哈姆莱特之问。

诚然,享受"生活的艺术"和寻觅"艺术的生活"成为梭罗的一种孤独的生存法则,无疑,这种生活状态会被生活在群居状态中的人类视为"精神忧郁症"的患者:"我发现孤独在大部分时间里都是有益于身心健康的。和别人在一起,甚至和最要好的友伴在一起,很快就令人感到厌烦,浪费精力。我喜欢孤独。我从没有发现一个像孤独那样好的伴侣。""我不会比湖中放声大笑的潜鸟更孤独,也不比瓦尔登湖本身更孤独。"[3] 所以,梭罗说出了

---

[1] 以上引文均出自梭罗:《瓦尔登湖》,许崇信、林本椿译,译林出版社,2011年第1版。

[2] 梭罗:《散步》(节选),《伤心的"圣诞节快乐"——美国散文选》,孙法理编译,译林出版社,2015年9月第1版。

[3] 梭罗:《散步》(节选),《伤心的"圣诞节快乐"——美国散文选》,孙法理编译,译林出版社,2015年9月第1版。

一句至理名言："上帝是孤独的——可魔鬼却绝不孤独！"[1] 我们广大的群居人类不正是被魔鬼缠身，自己也成为群魔乱舞的一员了吗？无疑，他的生态美学是建立在"非人类中心主义"立场上的，这俨然是脱离了"人类中心主义"的价值判断。然而，他用两年多的时间去体验与人类隔绝的离群索居生活，其真正的目的却是在孤独之中寻觅和倡扬那种人类的原始野性。

因此，追求原始野性成为梭罗坚持他心中的美国精神的一种标尺。梭罗这种反文明进化的行为源于其反对现代文明的核心价值，这正是使他走向那个自由王国的必由之路。也许，我们可以从梭罗的文章中找到答案："每一个后来的名城的建造者都是从类似的野蛮的乳头吸取乳汁的。"[2] 作为一个被现代文明驯化过的人，当我们躺在野蛮的怀抱里吮吸着她的乳汁的时候，我们并没有意识和感觉到这种野蛮文明原始动力的力与美。所以，梭罗呼喊出来的话语是叛逆性的：

"生命存在于野性之中。最有生命力的是最有野性的。没有被驯服过的野性能使人耳目一新。""使我们喜爱的东西正是那些没有受到文明影响的、自由的、野性的东西。""简而言之，一切好的东西都是野性的、自由的。音乐的乐曲，无论是乐器演奏的或

---

[1] 梭罗：《散步》（节选），《伤心的"圣诞节快乐"——美国散文选》，孙法理编译，译林出版社，2015年9月第1版。

[2] 梭罗：《散步》（节选），《伤心的"圣诞节快乐"——美国散文选》，孙法理编译，译林出版社，2015年9月第1版。

是歌喉唱出的,例如夏夜的号角,它的野性都令我想到野兽在它们生长的森林里的叫声……野蛮人的野性不过是善良的人和恋爱的人彼此接近时的庄严慑人的野性的微弱象征。"[1]

在梭罗的生活词典中,那种诗意的栖居正是谱写在那原始野性的音符之上的,文明人对野兽的嚎叫是本能地恐惧与厌恶,却俨然成为梭罗世界里的美妙乐章。这就是梭罗能够在孤独枯燥的生活中找到无尽乐趣的秘诀,因为他不愿意被人类的现代文明同化,而降低了作为一个高级灵长类动物的自然野性和独立生存的能力:"在成为社会的驯服成员之前,人类自己也有过一段野性难驯的时期。毫无疑问,并不是所有人都可以成为文明的顺民的。因为大多数人都像羊和狗一样,从娘胎里带来了驯服便去戕害不驯服者的天性,使他们降低到同样的水平,这是没有理由的。"[2]这样的理念是反进化论的,但是,人们为何又对梭罗的理论与实践如此津津乐道呢?或许是现代文明在给人类带来无尽的享受的同时,带走的却是人性中那种最宝贵的自然野性吧。

有人认为梭罗的文学创作水平并不是十分高明的,这可能是因为他们没有完全理解梭罗的价值观念,我们可以从梭罗自己对文学的理解中找到确切的答案:"表现自然的文学在哪儿?能把风云和溪流写进他的著作,让它们代替他说话的人才是诗人。能把

---

[1] 梭罗:《散步》(节选),《伤心的"圣诞节快乐"——美国散文选》,孙法理编译,译林出版社,2015年9月第1版。

[2] 梭罗:《散步》(节选),《伤心的"圣诞节快乐"——美国散文选》,孙法理编译,译林出版社,2015年9月第1版。

词语钉牢在它们的原始意义上,有如农民在因霜冻融化而高涨起来的泉水里钉进木桩一样的人才是诗人。诗人使用词语,更常创新词语——他把根上带着泥土的词语移植到书页上。他们的词语如此真切、鲜活、自然,好像春天来到时花苞要开放一样,尽管躺在图书馆里霉臭的书页中闷得要命——是的,尽管在那儿,也要为它们忠实的读者逐年开花结果,按自己种族的规律,跟周围的大自然声气相通。"[1] 窃以为,梭罗的这段话是对生活在现代文明中的许许多多作家提出的最为恳切的忠告,二百多年来,作家们的自然天性已然被物质化的现代文明所阉割了,自然、野性和自由的天性业已荡然无存,他们对大自然的感悟能力的漠视与低下,是对文学作品诗性的亵渎,他们失去的正是"跟周围的大自然声气相通",也就是周作人所提倡的"土滋味、泥气息"的消失殆尽,让作家们缺少了生命中的元气,"生命的流注"也就消失在文学作品的天际线中了。

我过去对梭罗的作品理解不够深刻,如今再读,却有了很多不同的感受。梭罗为什么厌恶群居而去寻找离群索居的"孤独",难道这只是一种哲学的思考?只是追求那种亲近大自然的生活艺术吗?我想,他还是有着另一层天然的生存意识的:"我发现孤独在大部分时间里都是有益于身心健康的。和别人在一起,甚至和最要好的友伴在一起,很快就令人感到厌烦,浪费精力。我喜欢

---

[1] 梭罗:《散步》(节选),《伤心的"圣诞节快乐"——美国散文选》,孙法理编译,译林出版社,2015年9月第1版。

孤独。我从没有发现一个像孤独那样的好伴侣。"[1] 他打破的是群居人"文明"的思维格局,寻觅"孤独"的诗意栖居,用个体的野性来面对大自然,并与之形成对话的关系,正如梭罗自己所言:"我的地平线给森林团团围住,完全属于我一个人;极目远眺,一边是铁路伸到湖边,另一边则是沿着山林公路的篱笆。但就绝大部分来说,我所住地方就如在大草原上一样孤寂。这里既是新英格兰,同样也是亚洲和非洲。我似乎有着自己的太阳、月亮和星星,似乎有着一个完全属于我自己的小世界。夜里,从没有一个旅客经过我的屋子或来敲我的门,就仿佛我是第一个或最后一个人;除非是春天,村子里偶尔有人跑来钓鳕鱼——他们在瓦尔登湖里钓到的显然更多的是自己的天性,把黑暗当钓饵装在鱼钩上。不过他们很快就退走了,经常提着轻飘飘的鱼篓,把'世界留给黑暗和我'([英]托马斯·格雷《墓园挽歌》1751年),而黑夜的核心却从未遭到人类邻居的亵渎。我相信,人类一般说来仍然有点害怕黑暗,尽管妖巫全都给吊死,而基督教和蜡烛也已介绍进来。"[2] 一边是象征着现代文明的铁路对自然环境的侵略,另一边是人们对孤独个体的骚扰,一个没有定力的人是无法拒绝"文明"的诱惑的,是没有能力抵抗个体孤独的精神困扰的,面对这个世界的黑暗,谁能如梭罗那样迎娶黑暗的新娘呢?一切人类文明的哲思与感悟在梭罗的眼里都是苍白的,即便是宗教信仰也无法进

---

[1] 梭罗:《瓦尔登湖》,许崇信、林本椿译,译林出版社,2011年第1版。
[2] 梭罗:《瓦尔登湖》,许崇信、林本椿译,译林出版社,2011年第1版。

入他的精神领地。

于是,"把世界留给黑暗和我"便成为我们认识梭罗超验世界的一把钥匙:文明的世界需要的是光明,黑暗的世界是属于原始文明;群居的人类需要的是世界的和谐,孤独的个体追求的却是野性的思维,甚至是与自然和兽性的对话。

如此这般,我们能够在《瓦尔登湖》美丽的文字中接受一个另类梭罗吗?!

第三辑　文学先生

毕竟是书生

据说 1948 年 11 月 13 日上午正在南京丁家桥国民党中央党部主持召开党政要员紧急会议，为蒋家王朝的最后一搏做战略决策的"蒋委员长"，突闻近在咫尺的湖南路上的陈公馆内传来的陈布雷的死讯，犹如五雷轰顶，惊倒在座椅上。

显然，陈布雷之死是一个不祥的预兆，它无疑是一个朝代覆灭的信号，他的死亡给蒋介石的心灵重创将是毁灭性的，这恐怕是用几十万军队也不能替代的损失。陈布雷是何等人物？虽不能说是孔明再生，亦可说是当代少有的博学鸿儒，他的死，并非狂郁所致，而是对一个穷途末路时代的决绝书。

遥想二十年前，意气风发、挥斥方遒的陈布雷第一次为蒋介石起草《告黄埔同学书》时，是何等踌躇满志。而如今，人心相悖，失道寡助，那份追随先生、"效命党国"的意志亦如杳然黄鹤，荡然无存了。他在给蒋介石的第一封遗书中说，自己的自尽"早动于数年之前，而最近亦起于七八月之间，常诵'瓶之罄兮惟罍之耻'之句，抑抑不可终日"。陈布雷将大厦将倾之责归咎于己，不可不谓士子风度矣。

作为一个入仕的士子，陈布雷的仕途以 1927 年划界，表现出一个文人的两种完全不同的心境。这个与蒋介石同乡的才子，早年毕业于浙江省高等学堂，二十二岁投身于新闻界，二十三岁就为临时大总统孙中山翻译对外文告。当年在《天铎报》上以十篇

《谈鄂》展露才华，震动文坛，随后又主持上海《商报》笔政。这无冕之王的心灵自由，满可以将他推上中国当代鼎鼎大名文人的地位，然而，最终等待他的却是一个无法逃脱的御用文人的位置。用他的话来说，民国二十六年前，他是客卿，是自由的；而这以后，进入了蒋的侍从室，也只能是先蒋之忧而忧，后蒋之乐而乐了，犹如一只钻进笼子里的金丝鸟。虽位极人臣，但终究为御用。

伴君如伴虎，蒋介石一向偏狭多疑，但陈布雷与之周旋二十年有余，从未有过大的冲突，可见陈布雷之小心谨慎，他是用多大的忍耐去克服那自由不羁的放浪灵魂啊。蒋介石二十年来的所有文字十之八九都出自"畏垒"之手，然而，这些枯燥的文牍不仅埋没了一个天才文人的才华，更重要的是，它窒息了一代骄子自由飞翔的心灵世界。可以想见，二十世纪四十年代末，正是陈布雷看透了自己"为党为国"不可为的悲剧结局，又不可能再回到二十年前那种文人士子的自由状态，才假托"狂愚"的脑病，吞下了一把安眠药，乘鹤而去的。

七年前，友人庞瑞垠在写《陈布雷之死》前，曾和我谈及他所接触到的一些陈布雷日记，其中说到陈布雷死之前曾到鸡鸣寺进香拜佛，求到的却是个下下签，即"观音灵签"第三签："冲风冒雨去还归，役役劳心似燕儿；衔得泥来成垒后，到头垒坏复成泥。"此乃天意，真可谓是一签中的！"畏垒"啊"畏垒"，你半生衔泥筑就的窠臼——自以为是"为党为国"披肝沥胆，忠心耿耿，到头来，却是一统如垒江山复成泥，看来是谁也挡不住的，就连自己的亲生骨肉都选择了别的道路，这蒋家王朝焉能逃脱覆灭的下场？覆巢之下岂有完卵乎？！你一个"畏垒"之人尚有什么可选择的呢？只有逃逸到那个极乐世界里去，才能找到真正的"自由"。

　　北伐战争后，李一氓与友人们拟物色一个具有正义感的才子做蒋介石的"谋略"者，但作为蒋介石的秘书和幕僚，既要严谨，又要有才华，更要有胆识。原先想到的是郭沫若，却偏偏郭沫若又是个浪漫主义才子；便自然而然地想到了陈布雷。于是就找到了当时广州政府的"外交部长"，其时正要做蒋介石的红人张静江女婿的陈友仁做中介。孰料张与蒋一谈即合，立刻让秘书邓文仪赴沪相邀。我想，这本应该是一出历史的喜剧，却偏偏演成了一出最终的历史悲剧。其个中原因就在于陈布雷永远用士大夫"不事二主，不作贰臣"的道德古训约束着自己，即使看清了眼前的形势，也不愿委曲了自己的人格。或许他的迂腐就在于尽忠尽孝，报知遇之恩。譬如，其实，蒋介石明知陈布雷的女儿女婿是共产党人，亦睁一只眼闭一只眼，网开一面。这看来是一桩可大可小的事情，蒋的宽宥，让陈布雷不得不为之心动。在江山社稷与人伦道德两者不可调和时，也只有以死来作为一个文人的最后报答。杀身成仁是传统士人的不二选择。

　　尽管陈布雷身居高位，但是他十分注意修身养性，他为官一身清廉是广为人知的。除了每天一包香烟，他别无嗜好，生活十分俭朴。抗战时期，友人看他身体孱弱，劝他加强营养，他却坚辞不肯，说蒋夫人每天送他一磅牛奶，已经超过了普通人的定量分配。如果他想发财，那真是易如反掌，陈立夫、陈果夫二兄弟创办金库，请他出任监事，他婉言谢绝。请他看戏，他因不好意思坐公家汽车浪费汽油而婉辞。直到死时，他也一如既往地身着一袭长衫，足蹬一双布鞋。他没有留下任何家产，只有四壁藏书还有七百金圆券（其时三百圆才可买一石米），还特有遗嘱，分给副官和勤务兵。至于妻子王允默，他只有托付给早年新闻界的老友潘公展和程沧波。从中，不难看出陈布雷作为一个文人在入仕时的那种"富贵不能淫"的正气。

作为一代文章巨擘，作为一介耿狷书生，陈布雷的悲剧究竟在哪里呢？作为士子个体存在，他的品行道德是无话可说的；然而，一俟入仕，进入了一个特定的时空，政治和历史的惯性就将他推入了一个两难的尴尬人生境地，在生与死的天平上，他是别无选择的。要么苟且偷生，要么壮怀激烈。陈布雷给蒋介石的两份遗书中就可清晰地看到他那欲哭无泪的面影。我想，他和王静庵（国维）的死是不同的，王更多的是悲观失望，陈却是看破了红尘。

陈布雷在给自己妻子的遗嘱中说："我的躯体不值一钱，草草为我斥棺，即在南京薄埋之，千万勿为我多费财力也。"然而，不知是蒋介石，还是其他人的主意，陈布雷的灵柩还是移到了杭州西湖的九溪十八涧，据闻，当时是一路风光，党政要员们礼迎厚送，真让陈布雷的在天之灵不得安宁。前些年去杭州，一路觅去，杳无墓迹。

如今南京山西路一带高楼迭起，原先国民政府要员们的一栋栋小洋楼亦如覆巢下的危卵，不知湖南路上的陈公馆尚在否？

2007年岁末写于月牙湖畔

藤井先生

此行又非看樱花的季节，所以，上野的樱花还是不见踪影，小时候语文课本里鲁迅先生笔下的樱花始终成为几代中国人看日本风景的文化情结："上野的樱花烂漫的时节，望去确也像绯红的轻云。"

已经是第三次去日本了，感受日本文化性格的最大特点就是精细严谨，你走在大街小巷里，即便是再破旧的房屋和道路都是一尘不染的。仔细看去，哪怕是一株不经意生长的小草，他们都是有意识地呵护起来。我想，这也许就是这个岛国土地稀缺造成的那种珍惜一切生物的理念吧。德国人的文化性格亦是如此讲究细节，但是他们更有严密的逻辑性，做事情也刻板，日本人却易变通。而就他们的人文学者来说，其性格差异性也是很大的，但那种好战分子却是很难见到的。

藤井先生与鲁迅笔下的藤野先生是不太相同的，也和我接触到的许多日本学者性格迥异，尽管我们在许多学术观点和价值立场上有分歧，然而，放达宽容的文人气息使我们交往弥深，过从甚密。

藤井喜欢饮酒，他喜爱的中国酒却非中国的名贵酒，而是喜江苏的一款酒，那酒四十五度，在中国人口中算是低度酒，往往为酒徒不屑，而在日本却算烈性酒了。在南京，每每请他喝酒，他倒从不借口推托，一杯一杯地喝下去，直至半醺或大醉。在东京,他每每请我们去居酒屋喝酒,也是千杯少的架势,直到客人提出罢酒为止。W君久居过日本,亦喜温清酒而痛饮,在东京买醉也就成为他们饮酒之佳话了。每醉,藤井先生就宿在他的研究室里,与书同眠去了。

藤井原先是研究鲁迅的专家,他屡屡提及鲁迅先生那篇《魏晋风度及文章与药及酒之关系》,也许正是这篇文章把他与酒、与南京、与我们联系起来了。认识藤井先生前,W君就告诉我,此公喜酒,我便猜度其性格是豪爽的,用明人张岱语,就是"人无癖不可交",如果饮酒是现代养生文明所不齿的行为,那么,我们宁愿活在古代快乐文明之中。果然,在其谦谦君子的谈吐的背后,藤井先生深藏着的是他以酒一销万古愁的真性情。藤井先生身材瘦弱,却有一颗强大的心,用鲁迅先生的话来说就是汉魏曹氏文章的那种"清峻,通脱,华丽,壮大",因为"其实曹操也是喝酒的。我们看他的'何以解忧,惟有杜康'的诗句就可以知道"。于是,东京买醉成为我们赴日的保留节目了,当然在奈良、仙台、松岛等地的居酒屋里也遗下了我们的足迹。

通常日本人和韩国人饮酒习惯是要喝二茬酒甚至三茬酒的,但藤井先生很少与我们喝二茬酒,也许是他尊重中国人的饮酒习惯的缘故吧,一醉方休是否为饮酒的最高境界呢?见仁见智也,我们也想入乡随俗呢。窃以为,日本和韩国酒的度数低,一般就是十五度左右,只有喝上许多才能微醺,所以才需要换一个空间,约上三两个好友酒徒痛饮一番。不醉不归,几乎成为日韩酒徒的生活习性。以此推及我国古代的英雄豪杰,他们之所以能够豪饮

藤井先生

八大碗，只因那都是如日韩酒一样的低度酒。武松先生豪饮十八碗酒，大约都是不过十度的米酒而已，否则如泥的他早就成为景阳冈上老虎口中的美味了。我见过藤井先生喝过六两中国的高度白酒，当然已经大醺，可是第二天仍然再喝，似乎全然不知昨日之将进酒了。不过，他有一个习惯，随时带着一个小照相机。每次学术会议都要在现场拍照留存图片资料是可以理解的，但是，每次在酒馆喝酒，他也要拍摄下来饮酒的场面，我想，这是在用图像记录历史，还是作为私人饮酒历史的日记收藏呢？

总之，与藤井先生喝酒是一件畅快的事情，醉翁之意不在酒，醉翁之酒不在意，醉酒之意不在翁，醉酒之翁不在酒，皆为快乐之事。

最近几年，藤井先生转向研究中国当代文学，把莫言研究作为一个研究的重要领域，或许是因为老莫获得了诺贝尔文学奖，他视为世界级的作家，抑或莫言笔下那汩汩流淌的清冽甘甜的高粱酒将藤井先生带进了他向往的浪漫主义的理想酒国之中了吧，我最终还是没有问及个中缘由。可是写酒的莫言并非一个豪放的酒徒，1992年中德乡土文学研讨会，在北京后海歌德学院院长阿克曼的别墅里喝酒，如果藤井看到莫言几乎不饮酒的行状，也许会失望吧。

藤井先生做学问是十分认真的，他把一生的精力都投入了对中国现代文学的研究之中，说是废寝忘食或许不甚恰当，但是，就他很少回家、多数时间都泡在研究室里的行为，足见其用心用功之深。除鲁迅研究之外，他对中国的"文革"文学以及中国

1980 年代以后的作家作品都有涉猎,所以,他结交了许多中国当代的作家。他把文部省给他的研究经费投到了东亚文学的研究中。他在东亚文学研究中,尤其注重对中国大陆文学的研究,在许多次的研讨会上,他的主持和发言多是用汉语来陈述、表达,虽然他的汉语并不是那么的流利和准确,但拳拳之心可见一斑。

藤井先生即将退休了,这次东亚研讨会是他任上的最后一次,他在最后答谢酒会上的有些话语颇有一些伤感,差一点让我落泪。最后他让我致结束语,我说,文学是超越国族的,它把大家联系在一起的唯一纽带就是人性的力量。

还有两句话我终于没有说出来:人性是文学的灵魂,在人际的交往中,人性的融通有各种各样的方式,而我们和藤井先生的人性交流是在小小的居酒屋里,是在畅所欲言的酒桌上,是在杯觥交错的身影中。

我却说成了:欢迎你到南京来,我们继续喝酒,继续讨论中国文学,对酒当歌,面向几何人生。

藤井先生与我同庚,亦无师生之谊,所以我们只能以兄弟相称。他的门下有许许多多中国的留学生,他并非鲁迅先生形容藤野先生那样"他的姓名并不为许多人所知道",而是名满世界的汉学家。但我还是想用鲁迅先生送给藤野先生的那句话来评价藤井先生:"他的性格,在我的眼睛和心里是伟大的",因为在他身上我又一次验证了文学是人性的真谛,因为在临别饯行的居酒屋里,他与 W 君、林女士一起唱起了二战时期著名的反战歌曲,那时他很清醒,并无半点醉意。也许,藤井先生在有的人眼中和心里并不是伟大的，但我却从他的饮酒行状中看出了他的可爱，这就够了，因为他不是鲁迅先生批评魏晋文人那种"无端的空谈和饮酒"，他是用心去饮酒和治学的。

噢，藤井先生的全名是藤井省三，我想，他应该是那种每日三省吾身之人吧，省的是今日我有无读书写作，省的是今日我有无反思中日文学，更重要的是今日我有无饮酒！

其实，上野离东京大学很近，散散步二十分钟也就到了，这次来东京虽然不是看樱花的季节，然而无意之中，却看到了上野连天碧的映日荷花，也就不枉来此一游。我想，此生未必再次能够赶上看野樱花的季节，但是，还是有机会来东京大学和藤井先生切磋中国文学，更重要的是找他去居酒屋买醉。

于是，去看那"确也像绯红的轻云"的樱花，似乎是给我留下的一个永远的悬念。

2016 年 8 月 3 日于南京至北京高铁上

先生素描

为了不能相忘于江湖的笑声

　　庄子曰："泉涸，鱼相与处于陆，相呴以湿，相濡以沫，不如相忘于江湖。与其誉尧而非桀也，不如两忘而化其道。"作为一个江湖中人，我最不屑庄子的这种故作高深的玄学，因为他轻轻地抹去了人生中最柔软，也是最坚硬的那个人性的驻留。

　　这些年，我的师辈、我的同辈，甚至我的晚辈同仁与友人陆续有人离我而去，在悲痛与思念之余，总想写下一点文字，以寄托我的哀思，可是最想写的东西却不能写出来，这才是最大的悲哀。

　　这次，那个叫我"小老弟"的吴周文先生去世了，北京和广东的散文研究大家王兆胜与陈剑晖先生约我写一篇纪念吴周文先生的文字，作为一个曾经在扬州师院读书的晚辈学生，他是与我在学术生涯中过从甚密的性情中人，更是对我的所谓散文随笔创作进行细读研耕的评论老将，是我无法相忘于江湖的先生。

　　他的病故是突然的，那一天，张王飞先生电话中告诉我，吴周文先生住院了，我们商量抽空去一趟扬州探望；过了几天，得知他已安然无恙出院了，心中不免庆幸；又过了几天，突然传来他瞬间离世的噩耗，莫名惊诧之余，不免黯然神伤起来。

　　与吴周文先生相识已近半个世纪了，那是我在扬州师院上学时就久闻大名的杨朔散文研究专家，虽然他并没有直接任过我的课，但也是学生时代仰慕的老师之一。当然，后来我对杨朔散文在文学史地位的评价发生了很大变化,然而,这并不影响我与吴先生友情的进一步发展。

二十世纪七十年代的一日上午,在寂静无声的图书馆里,我这个逃现代汉语课的顽主正在聚精会神地读着冈察洛夫的《奥勃洛摩夫》,虽然讨厌作家花了冗长的篇幅去描写地主奥勃洛摩夫在床上迟迟不起的细节,但是,他让我突然想起了阿Q。地主和农民不是一个阶级,然而,两个不同国别的作家揭示的国民性和民族劣根性难道不是相同的吗?一个奇怪的念头让我想起了那句话来:地主阶级思想代表农民阶级的思想。于是,这种"危险"的思考让我徘徊彷徨于难解的困惑之中。

此时,一个精神饱满的中年人轻声走到我的对面,打断了我的思考,他拿着一本书静静地坐在我的对面读起来,我却不自然起来了,你想,一个陌生的老师坐在你的对面,那是一种无法对话的尴尬,我欲逃之夭夭,却又不敢冒昧,怕显出不敬。这时,他打破了尴尬的寂静:同学,你是哪个年级哪个班的?我如实告知后,他说:我叫吴周文,是写作教研室的老师。我立马起身,表示敬意。他挥挥手,让我坐下,又补了一句:你有什么问题,可以来找我。于是,我开始如坐针毡,佯装看书,却一个字都无法入脑。

好不容易挨到了图书馆下班的铃声响起,我恭恭敬敬地向刚刚认识的吴周文老师道别,飞也似的逃离了图书馆阅览室。从此以后,偶尔在图书馆里碰上吴周文先生,我也绕道而行,并不敢直视先生的目光。他与图书馆里的几个男男女女管理员都很熟,经常站在高高的借书柜台边与那个面容像卡西莫多的长者聊天,恰恰那个姓金的老头也是我所尊敬的长者,因为我十分惊讶地发现,每借一本书,他都能介绍出这本书的主要内容,真是神了。后来我也为他写了一篇文章,再后来,吴周文先生专门在一篇文章中纠正了我对他身世的误传,可见吴先生对他更加了解。扬州师院图书馆成为我与吴先生相识的起锚地,虽然有点尴尬与别扭,却也难忘。

1970年代的扬州城并不大,出门便可遇见熟人,比如在一举粉碎"四人帮"后,我在新华书店门前购买新印刷的《唐诗三百首》的长长队伍里,一眼就瞟见了吴先生精神抖擞的面容,听到他爽朗的笑声,便有了一种读书人的亲近。在曾华鹏先生的客厅里也曾遇到过吴先生在那里高谈阔论时的笑声,便又有了一种同道者的愉悦。

他虽然不是那种浓眉大眼的帅哥,但那炯炯有神的眼睛却让人过目不忘,眼睛不大,但一到激情时,便瞪得圆大,放出咄咄逼人的光来。也许正是他特别的眼神和他滔滔不绝的精彩演讲,招来了许多听他课的学生,记得前一届毕业生中的一个南通籍"系花"就是他的粉丝,这事儿在我们这届学生中广为流传。

1983年结婚后,我住在师院筒子楼的一号楼里,每天中午到教工食堂去打饭,便会经常碰见吴周文老师。在排队间隙,我们常常聊学术选题问题,引得众人投来关注的目光。1979年我在《文学评论》杂志第5期上发表了第一篇论文——《论峻青短篇小说的艺术风格》后,恰好,吴周文先生在1980年第1期《文学评论》杂志上发表了那篇著名的论朱自清散文的文章，因此我们就有了更多的聊天话题。

吴老师在他的随笔《品读三位老弟》中直接称呼我是小老弟，他大我近一轮，十一岁的年龄差，是一个称呼尴尬的辈分，在我心目中，我是将他看作老师的，所以我对他的称谓一直是"吴老师"。如今他已驾鹤仙去，也是我"先生素描"里的人物了，所以我改称他为"先生"，以示景仰。

我算是那个年代运气好的年轻学人，但在师长面前从未有过一丝僭越和骄傲的行为，因为是这个学校滋养了我，是这些老师孜孜以求的学术追求精神，感染、鞭策着我不断前行。吴周文先生虽未直接给我上过课，但是他的刻苦精神也是激励我不敢懈怠的动力，作为长者前辈，他滔滔不绝地说出他近期的散文研究的学术规划，让我佩服之至，激励我不得不思考自己对未来学术研究的整体规划。

1984年，我在人民文学出版社随叶子铭先生参加《茅盾全集》的编纂工作，整天埋头在朝内大街166号那栋楼房的书桌上做校勘工作。一日，吴周文先生来京拜访朱自清的夫人陈竹隐，恰好住在那个十分简陋寒酸的人民文学出版社招待所里，他乡遇故知，分外亲切。他是平生第一次进京，于是，我陪着他去看天安门，去逛王府井大街，去小西天电影资料馆观看内部电影。离京前，我俩相约去拜望《文学评论》的陈骏涛先生，因为陈先生是我俩共同的责编。

那是一个燠热的夏日，陈骏涛先生在距他家不远的一个小酒馆里请我们用餐，每人一大杯一升装的冰镇扎啤，我们边饮边聊，吴周文先生时而向陈骏涛先生请教选题的事宜，恭敬谦和有加；时而滔滔不绝陈述着自己论题的写作计划。啤酒加灌肠，很是尽兴，那是我在那个年代醉翁之意不在酒的一次畅饮畅叙，虽然是首都的路边小酒馆，微醺也让我这个冷眼旁观聊天的晚辈的心不禁热了起来。时间过去了三十八年，那一顿畅饮的扎啤味道还久久地在我的舌尖味蕾上萦绕。

1988年底，我终于走完了客居扬州十四年的历史，回到了家乡南京。"十年一觉扬州梦"的小杜式感慨，则让许多人忘却了下一句的涵义，我道是，此一句是我的人生驿站面对时间年轮时的难忘江湖。而徐凝的"天下三分明月夜，二分无赖是扬州"的意境却是更能解释我离扬而去的心情，开始我以为"无赖"是"无奈"的误植，后来才知道此词乃有通假之意，便释然了，不过，繁华的大唐时代，文人骚客在扬州留下的多为男女情缘的眷恋，"萧娘""桃叶"便是徐诗中的主题，而我留下的扬州眷恋却是江湖师友不相忘的义气情缘。

本以为我与吴周文先生的交往会在我离开扬州后慢慢淡化，孰料，他的77届几个写散文和搞散文评论的铁杆门生，却将我与吴先生的关系纽带越系越紧了，其中张王飞和林道立先生为最。他俩是吴周文先生散文研究的长期合作者，历时四十多年之久，师生之谊情深意笃，恰恰他俩又是我四十年的故交同事。

回到扬州，有时他们就把吴周文先生请来一起吃早茶，共进午餐或晚餐，于是，便又聆听到吴先生的高谈阔论和爽朗笑声，这让我想起了钱锺书在《说笑》中的两段话:"笑是最流动、最迅速的表情,从眼睛里泛到口角边。""笑的确可以说是人面上的电光,眼睛忽然增添了明亮,唇吻间闪烁着牙齿的光芒。"用这两段话来形容吴周文先生的笑声,是再恰当不过的了,熟悉他的朋友只要一听到他的笑声,就可以看到他在电光闪烁下的面孔,而那道电光就来自他那有点夸张的炯炯有神的眼神。用钱锺书引用"天为之笑"典故,总结成"真是绝顶聪明的想象"的"闪电",是对吴周文先生讲课聊天时神情的绝佳描写,这是在许许多多学术讨论会上得以验证的真谛。在扬州、在南京、在北京、在广州……吴周文的笑声撒落在了全国各地的山川大海和江河湖泊中,但并不是我在少年时代看到的那本从《地下的笑声》中发出的幼稚拙劣的笑声,因为吴先生发出的是真诚爽朗、发自肺腑的地上的笑声。然而,用"唇吻间闪烁着牙齿的光芒"来形容吴先生间或开启的口腔,显然就不合适了,因为长期抽烟的缘故,唇吻间闪出的是并无光泽且稀松的黄黑色牙齿。

吴周文先生倒是喜欢在席间随性喝上几盅的,虽然不胜酒力,但喝个一二两助兴,却是非常高兴的。啜饮之后,他的笑声更爽,谈兴更浓,烟瘾更大,此时此刻,他喜欢谈文坛的花絮与掌故,听花边新闻和小道消息。微醺之时,便更喜欢将三字名字的晚辈去掉一个姓字,让学生们感到亲近和亲切,而像我这样姓名只有二字者,他也就从"同志"改为"先生"了。我一再强调我是晚辈学生,你直呼其名更为亲切。

未曾想到的是,这四年来,他竟然专门研读起我的散文随笔来了，这让我诚惶诚恐，甚至不敢阅读，一是因为他是我的师长，作序可以，写评论却折煞我也；二是我写散文随笔皆是出于好玩，用另一种形式抒发性情而已，尤其是纾解胸中之块垒，做曲笔的游戏，一旦被人揭开画皮，终究有些尴尬；三是自认为写就的散文随笔资质品位有限，均为博朋友同道一哂之文，孰料吴先生如此认真研读，真让我无地自容。2019年初，他在《文艺报》上发表了《先生"风骨"的敬仰与褒扬——评论丁帆的〈先生素描〉》一文，我不敢同意他对我文字的褒扬，因为我不配，但他最后一段的鞭策却切中我意："他将'先生们'的生平事迹缩小在'素描'的叙述框架里，以求'传略'或'小史'的艺术概括；将对先生们的学理认知作为品鉴的放大镜，以求人格品藻理性穿透力的深刻；用智慧的修辞和感念的诗情，自由、洒脱地进行梦呓般的'随笔'，以求自我形式创造的高度自由。在丁帆，信手码字，手由心来，什么范式、什么陈规、什么戒律都约束不了他。极度的随意与太多的自由，便成为其'素描'文体最显著的特征。"去除其中的溢美之词，我以为吴老师对我写作初衷所要表达的内容和形式概括是十分准确的，虽然我还没有达到他所期望的高度，但我深深地铭记了先生的期待。斯人已逝，笑声尚在，作为座右铭，这段话我谨记了。

同年，他又发表了题为《品味三位老弟》的随笔，紧接着，在2021年的《当代文坛》杂志第1期上发表了长篇论文《学者散文与"中国问题"言说的先锋姿态——以丁帆、王尧为讨论中心》，其实，吴先生是以此为论述的切口，充分表达了一个前辈知识分子对"五四"启蒙精神的再次呼唤。同年发表在《江苏社会科学》上的长文《丁帆"学者随笔"论》，也是如此这般地强调启蒙精神，使我感动不已。其中对我随笔写作的概括，呈现出的是一个师者敏锐的洞察力，二次启蒙和知识分子的精神休克的点位抓得十分准确，让我不得不佩服先生作为一个知识分子的良知守护，有这样一位知音和同道让我欣慰不已。尤其是最后一段，在他离去之后，成为激励我不断前行的力量源泉，一句成为"一个直立行走的大写的人"让我们醍醐灌顶。

2020年5月23日是吴先生80岁寿辰，在那五天前，正是我刚刚走完68个岁月的生日纪念，张王飞先生约我一起去扬州给吴先生祝寿，可当时正值一个博士答辩会议走不开，错过了此次聚会的机缘，不过我让王飞捎去了一副祝寿对联：文移北斗成天象，月捧南山作寿杯。那天晚上，除了张王飞外，还有王慧骐、林道立、蒋亚林诸兄，他们举着我写的对联放了视频给我看，那时，我多么想去敬吴先生一杯寿酒啊，可惜不能至。散文家王慧骐兄特地写了一篇散文，以作纪念，谁知此文竟然成为我们聚首的永诀之文。

斯人驾鹤西去，他留在我们心间爽朗的笑声，却在阴阳两隔的空间里久久回荡。

2022年12月19日20时写于南大和园

向面对世界的自绝者脱帽致敬
——追忆两位性格迥异的先师

人至暮年,往往会沉溺在回忆之中,记得沈从文说过"回忆是有毒的",这话只说对了一半,靠回忆活着的人,说明他已经缺少了创造的活力;然而,没有回忆的人生又是缺憾的。殊不知,回忆往往是在人生驿站的回眸中,将经验性的东西展示给后人看,使其少走弯路,以获得宝贵的启迪。

今年是南京大学文学院(中文系)创建百周年纪念,我不想追溯其发展的辉煌历史,也不想回眸她的痛史,只想打开记忆的闸门,追忆我的两位已经逝去了多年的师长,这不仅是为了纪念他们两个都为南京大学中文系作出过巨大贡献,更因为是他们两个人相反相成的性格给了我人生莫大的感悟,以致使我对世态以及人生剩下的路有了更清醒的认识。他们的名字是叶子铭、许志英。

叶子铭先生与许志英先生是挚友,他们在相互调侃对方的性格时看似不经意,其实细细回顾品味起来,却是有着共同的人生宿命,也是许多知识分子共同的命运谶语——对社会的责任感愈强,就愈不能隐忍社会的黯淡与人生的惨淡,悲观主义才是他们最深刻的思想选择。许先生说叶先生总是"把简单的事情复杂化",而叶先生则反唇相讥许先生是"把复杂的事情简单化"。他们俩"攻击"对方时的音容笑貌尚时时萦绕在我的眼前,往往使我不能自已，而不能自已的原因却是一直不能与他人言的，因为中国人出于对长者的尊敬，是避讳谈他们的死因的。今天，我斗胆冒天下之大不韪，试图更深地剖析两位师长的内心世界，从而窥视出新中国培养起来的知识分子灵魂深处的精神世界——其实，不管你是什么样的性格特征，你们都会自觉或不自觉地在人生的舞台上戴着镣铐跳舞，用什么样的方式去谢幕是各人的性格所决定的。但是，两个性格落差与反差如此之大的学者竟然在选择谢幕方式时采用同样手段，此乃精神的殊途同归也。叶先生和许先生虽然性格迥异，却是采用同样的自杀方式离开这个世界，尽管叶先生是几次自杀都未遂，但是同样表达了他对这个世界决绝的告别态度，而许先生则是在了无前兆却又是"蓄谋已久"的从容中，连挥一挥手的意念都了无的情况下，就豁然踏上了他另一个世界的旅途。

叶先生出道甚早，他是新中国培养的知识分子中第一个在本科毕业时就交出了一本论著的大学生，1958年上海文艺出版社出版了叶子铭的专著《茅盾四十年的创作道路》，一时轰动学界，成为当时最年轻的学术明星，以至于在"文革"期间被定为"反动学术权威"。当然，这也与当时南京大学校长匡亚明和中文系主任俞铭璜（时亦兼华东局宣传部副部长）在二十世纪六十年代为提携奖掖后进而提出"言必称叶（叶子铭）黄（黄景欣，年轻的语言学家，'文革'期间自杀）"的口号有关。作为当时年轻的学术明星，叶先生又参与了叶以群主编的《文学的基本原理》的编撰工作，同时也得到了当时教育部的重视，但是，他是一个十分谨小慎微的人，每做一件事都得反反复复考虑到每一个细节与后果，以至于有时会将一件可以简单处理的事情置于无限夸张的若干情境结果中来进行反复斟酌，这也许是与其在"反右"斗争中遭受了一些挫折后，离开了自己心爱的专业研究，被发配到苏州医学院工作的心理阴影有关。虽然后来他又迅速地考取古典文学研究生回到了南大，但是以往的教训在他的心灵中打下了烙印，使他在其后的生活道路上处处小心，刻刻警惕，这又恰恰与他的研究对象茅盾在1949年以后的表现惊人地相似。"文革"期间，在思想与肉体批判与批斗中，他的自尊心受到了极大的挑战，那时就试图以自杀的方式来进行抗争，他设计了一个去海边清净之处蹈海寻仙的计划，却在妻子的严密看护下不能得以实施，其实风暴一过，他就做起了"逍遥派"，心境逐渐开始晴朗起来。1980年代叶先生成为中国改革开放以后第一个民选的系主任，同时兼任南京大学研究生院副院长，因为他每做一件事都是慎而又慎，事无巨细，加之他又是国务院学位委员会中文学科第一召集人、茅盾研究学会会长，事必躬亲，身心疲惫，积劳成疾，所以这种把简单的事情复杂化的性格，终于将自己绑在了精神的十字架上。多年前的风波给他的心头埋下了根深蒂固的心理病灶，我们曾经集体指责过他的迂腐，竟然会毕恭毕敬、通宵达旦地写自我检查书，把自己的生存环境看得太险恶，才使得他的复杂化性格成为消极厌世的诱因。从1991年的又一次选择撞墙自杀，直到最后变成再也不能自己思考和研判问题为止，叶先生的内心所经历的苦难是任何人无法想象的。然而，上苍最后竟然将他连"把简单的事情复杂化"的思考权力也给剥夺了,不知他在另一个世界会作何感叹。

1984年我和叶先生在人民文学出版社驻社编纂《茅盾全集》,往往彻夜长谈,他总是忧心忡忡,那布满血丝的深邃眼神中充满着忧郁的深情。那时我年轻无知,对他处处小心、时时忧郁的性格往往腹诽。直到他离世,我们才能真正领悟到一个知识分子的可怜与可悲,但是,正是他的深刻性一面,时时提醒着我克服那种盲目乐观的浅薄,因为世事并非我们想象的那么简单,寻找脱敏的药物是多么的艰难,因为我们毕竟不是阿Q,没有精神的逃路。人人都云叶子铭先生迂,但这种迂未尝不是世事洞明后的深刻觉醒。

许志英先生1959年毕业于复旦大学中文系,在1958年的"大跃进"时期参加了复旦大学红皮《中国现代文学史》的编写工作,后分配至中国社科院文学研究所工作,是文学所有名的"摇鹅毛扇的军师",可见其做事举重若轻、豁达开朗之风格。他是"文革"结束以后为了照顾家庭调来南大的,后来在叶子铭先生的力荐下,请他出山接任了中文系主任一职。他接掌系主任职位后,首先就废除了每周的所谓集中学习的制度,腾出时间让大家干自己愿意干的事情。其次,就是放权给每一个分管各口的副系主任,除了重大事情过问外,不管具体事务,他的治系方针就是四个字:无为而治。就是这种"把复杂的事情简单化"的行为风格,使中文系在政治风波中平安摆渡,没使一些有才华的年轻人遭受"应有"的打击。尽管系里有这样和那样的人事矛盾产生，但绝大多数人起码在价值认知上还是一致的。就是这样一个性格开朗，对一切世事都看淡的人，为什么会突然自杀呢？这使得许许多多熟悉和不甚熟悉他的人，都在脑海里画上一个大大的问号。

其实，他写给我的遗嘱中的一个关键词"生意已尽"就是答案。无疑，大多数自杀的知识分子对这个世界不再留念的缘由无非有二：一是对社会环境的绝望；二是对自身生存质量的绝望。首先，许先生对国家大局的预判向来是十分乐观且准确的，这在文学所是出了名的，尤其是对粉碎"四人帮"的预判。

记得1991年茅盾研究学会年会在南京大学召开，叶子铭先生正是在那时发病了，许先生和我便住在南京大学招待所里主持会务，我们整整三个通宵没有睡觉，畅谈国事与人生，从国家形势到叶先生的病。他不停地吸烟，我们在烟雾缭绕中度过的那三个夜晚是我终生难忘的，那时，他对国家的前途是信心满满的。但是涉及人生问题时，却又一反常有的乐观性格，鉴于叶先生的病情，我们形成了一个共识：一个知识分子最为痛苦的事情就是能够思想的大脑失灵，连自裁的能力都没有了，给自己、家人与朋友带来了共同的悲伤。

未曾想到的是退休以后，他突患中风，落下了瘸腿的痼疾，生活质量急剧下降，加上大儿子车祸罹难、相濡以沫的老伴病逝，给他的心灵造成了难以言说的痛苦，表面上乐观开朗而心灵深处悲观厌世的情绪裹挟着他的日日夜夜。他还是常常、不断地与我们交流看法，吊诡的是，在他走前的这一个星期里，他竟然没有与我有任何联系，我又因为那些天忙于诸多琐碎的公务，也就没有在意他的故意疏离，没有想到的是，他与我的诀别方式竟然是一纸一书。

他离去的那天，冥冥之中，我一大早六点钟就到了办公室，七点钟就接到他小女儿打来的电话，告知噩耗，我便匆匆赶去，撞进家门，他已经平静地躺在床上了。读着他在夜深人静时给这个世界留下的最后文字，且是唯一一份遗书，心潮起伏：这仅仅是同志的信任？仅仅是托付善后？我却从字里行间分明看到的是那种坚强无比的意志！我欲哭不能，看着那刚劲有力、一丝不苟的刀刻般的笔迹，我想象他用这支钢笔去划破了无声的夜空时，表情是那样的坚毅和决绝，毫无惧色，也毫无愧色，当我看到最后一句"永别了"的时候，才不禁潸然泪下。王彬彬后来看到这份遗书时，与我同感，他十分惊讶和佩服许先生竟然在告别人世时可以那样冷静和从容，其字迹没有一点抖动的痕迹。在这一点上，我们是常人，是无法与许先生比拟的，虽为书生，他却是在大风大浪里进入了大彻大悟之境界的超人，这也许就是他最后一次毫不犹豫地"把复杂的事情简单化"的壮举吧。许多人认为，直接引发许先生自杀的原因是生活所迫，我倒是认为对生存环境的绝望与生活的艰辛的双重压力，才是其面对这个世界无奈的选择的根本导因，而前者的因素是大于后者的。

莎士比亚给人类出了一道两难的命题："是生还是死？"是哲学的生，还是哲学的死？每一个人的答案是不一样的。作为一代新中国培养起来的知识分子，两种截然不同性格特征的人却都选择了同一种生存的抉择，性格不同，内心深处却是朝着一个方向思考问题——忧国忧民的"治国平天下"情结，是他们难以摆脱且根深蒂固的政治责任感，这种高尚的品行能够在我国知识分子中延续下去吗？窃以为，在而今的知识分子中很难保有这样的政治德行与情怀了。他们是一代死去的堂·吉诃德式的与风车作战的知识分子吗？如是，我也愿脱帽向他们致敬！

历届知识分子中有许许多多酷似叶先生和许先生这样的人，他们是值得我们尊敬的一代知识者。我以为，他们的悲剧结局，其中最致命的元素就在于他们所受到的精神上的不公正待遇，有谁予以评说？我们只能叩问苍天：这是为什么？谁能够给出这个充满着悖论的命题一个圆满的答复呢？

子在川上曰：逝者如斯夫！

在这个世界上一直称呼我"小丁"的两位先生走了，我相信，他们俩在另一个世界里讨论的焦点仍然是民族的前途，在复杂化与简单化之间进行着辩论，而我却愿在梦境中做一个"听风者"，而面对现实世界的选择，我能说些什么，又能做些什么呢？

就因为我们都是悲观主义者吗？！

发表于2015年第一期《钟山》

"世界中"的中国现当代文学史编写观念

——王德威《"世界中"的中国文学》读札

作为一直从事中国现当代文学与文学史研究的海外学者，王德威应该是第三代的领军者，他几十年来打通了中国现当代文学学科的壁垒，将百年以降的所有文学史思潮现象和作家作品（哪怕是一个有文学史意义的不起眼的小作家）都纳入自己研究的视域中，这是我们大陆学者所难以企及的学术态度，如今他竟然将中国现当代文学史的上限拓展至明末，如此大胆的举措让我震惊，有理无理另当别论，但是在学术上的刻苦追求令人尊敬。更重要的是，他的视野十分开阔，知识储备丰厚，古今中外的文学作品和思潮，文史哲各门类的方法与观念，无所不涉，无所不用，这也是一般学者望尘莫及的。就我多年来对他的观察，其学术性格基本上是持重稳健、客观公允的，尽管我不赞成书中收入了与全书价值判断相左的极少数文章，有些观点也看似激烈，那是因为所处的文化语境的殊异，乃至于因为意识形态的差异性而形成了反差和落差：你以为是站在政治正确的立场上去批判他的观念，他却是以为自己是站在学理的客观立场上进行"历史的考古"，视其为一种严谨的学风，相比一些大批判文风的文章，谁的观念更具有学理性和学术性，学界同仁心照不宣，不言自明。在我与王德威接触的过程中，我反倒以为他的性格在谦和之中少了一些刚烈，甚至有点懦弱。

前年去美国，又见王德威，在他的办公室兼书房里，得知他正在主编一套卷帙浩繁的中国现当代文学史，没有想到的是，这部千页之巨的皇皇大著的英文版如今已然问世了，据悉中文版不久也将面世。从导言当中，我们可以清晰地看到此书的编写宗旨和体例规范，更重要的是，这种具有把中国现当代文学代入"世界中"的意识，试图让中国现当代文学进入正常的世界文化和文学语境的雄心，却是我们大陆学者缺少的视野和魄力。我尚未读到全书的中文版内容，但是，就此阐发的观念而言，就让我们这些专治中国现当代文学史的大陆学者汗颜，因为我们长期只在狭小的中国文化地理版图中打圈，走不出自我设定的陈腐史学观念之囚笼，也就让我们的中国现当代文学史在近七十年之中只是在修修补补当中戴着镣铐跳舞，往往因为形式上的些微变化而沾沾自喜。读了王德威先生这篇导言，我觉得有必要将他的文学史观与我们的文学史观进行一次对照，旨在进一步深化大陆中国现当代文学界同仁的问题意识，让中国文学走出国门，让中国现当代文学研究走向世界。

"哈佛大学出版公司《新编中国现代文学史》是近年英语学界'重写中国文学史'风潮的又一尝试。这本文学史集合美欧、亚洲、中国大陆、中国台港一百四十三位学者作家，以一百六十一篇文章构成一部体例独特，长达千页的叙述。全书采取编年顺序，个别篇章则聚焦特定历史时刻、事件、人物及命题，由此衍生、串联出现代文学的复杂面貌。"显而易见，在进入"重写文学史"的序列中，王德威先生在对诸多文学史进行比对之后，是想进行一次大的"外科手术"的，撰写者各自带着自己的文化基因和密码进入了对中国现当代文学的考察，诚然，这无疑就加大了此书的世界性视域，这种编写人员的世界性元素，可能是当下任何一部中国现当代文学史撰写队伍都不可能达到的境界。所以说它"构成了一部体例独特"的著作，我担心的也正是在它无比多声部的优势当中，会不会在"众声喧哗"中呈现出偏离主旨、各自为政的体例和风格的散乱呢？这要有待于读了全书后才能做出判断。

但是，从这四个维度来看王德威先生文学史编写观念，我们就会知其良苦用心了："《新编中国现代文学史》借以下四个主题，进一步描述'世界中'的中国文学：时空的'互缘共构'；文化的'穿流交错'；'文'与媒介衍生；文学与地理版图想象。"我想就其中的几个问题谈一点浅见。

采用编年来结撰文学史的方法似乎并不鲜见，但是，将特定的作家和人物"聚焦特定历史时刻、事件、人物及命题，由此衍生、串联出现代文学的复杂面貌"却是一种独特的视角和方法，把历史的细节真实客观地提纯并放大在"历史时刻"的显微镜下进行分析，由此而显现出历史的斑驳的复杂性，这也许更能够让我们厘清作家作品的原意所在。"作为中国现代文学公认'开端'的1919年'五四'那一天，又到底发生了什么？贺麦晓教授（Michel Hocks）告诉我们，新文学之父鲁迅当天并未立即感受到'历史性'意义，反而是鸳鸯蝴蝶派作家率先作出反应。而在官方文学史里鸳鸯蝴蝶派被认为是不登大雅之堂的。文学史的时间满载共时性的'厚度'，1935年即为一例。那一年漫画家张乐平（1910—1992）的漫画《三毛流浪记》大受欢迎；曾为共产党领袖的瞿秋白（1899—1935）在福建被捕，临刑前留下耐人寻味的《多余的话》；电影明星阮玲玉（1910—1935）自杀，成为媒体的焦点；而河北定县的农民首次演出《过渡》《龙王渠》等实验戏剧。文学史的时间包容了考古学式的后见之明。1971 年美国加州《天使岛诗歌》首次公之于世，重现 19 世纪来美华工的悲惨遭遇；1997 年耶鲁大学孙康宜教授终于理解五十年前父母深陷国民党白色恐怖之谜。文学史的时间也可以揭示命运的神秘轮回。1927 年王国维（1877—1927）投湖自尽，陈寅恪（1890—1969）撰写碑文：'独立之精神，自由之思想'。四十二年后，陈寅恪在'文革'中凄然离世，他为王国维所撰碑文成为自己的挽歌。最后，文学史的时间投向未来。"这些在"历史时刻"中人的特定行为的表现，往往是被我们的文学史所忽略的东西，恰恰就是它们构成了文学史最复杂，同时也是最深刻和最精彩的组成要素。一切本质性的东西往往就是在历史时刻的细节之中凸显出它的意义和作用。而这样的耙梳也许只有王德威想到了，同时，也只有他才有条件完成这样的学术性探究。顺便，需要指出的是，从目录中我们可以看出，《新编中国现代文学史》内在逻辑虽然是按照编年史的方法进行的，但是在目录次序上却是无次序状态的，或许这就是"大兵团作战"留下的遗憾，抑或作者考虑如何按照问题意识进行文学史的组元方法所致，这就需要读者自行从问题出发，重新在大脑中梳理出一条清晰的编年史的脉络来，这对于一般读者来说是比较困难的。尽管如此，这种将许多杂乱无章的历史碎片拼贴起来的文学史叙述，的确给了我们许多启迪。

毋庸置疑，我们首先关注的焦点就是王德威先生在文学史的断代与分期中的创新观点。近四十年来，国内对中国现当代文学史的断代方法已经十分多了，但总是在意识形态之争当中盘桓，而王氏切分法虽然诡异大胆，却也让我们看出他跳出五行举止背后的深意来了。"《新编中国现代文学史》的读者很难不注意书中两种历史书写形式的融合与冲突。一方面，本书按时间顺序编年，介绍现代中国文学的重要人物、作品、论述和运动。另一方面，它也介绍一系列相对却未必重要的时间、作品、作者，作为'大叙述'的参照。借着时空线索的多重组合，本书叩问文学/史是因果关系的串联，或是必然与偶然的交集？是再现真相的努力，还是后见之明的诠释？以此，本书期待读者观察和想象现代性的复杂多维，以及现代中国文学史的动态发展。"基于这样一种治史理念，王德威对中国现当代文学史的断代便有了自己的考量。显然，从明末作为中国现代文学开端的切分法具有很大的风险性，肯定会招致学界的许多诟病，不仅中国现当代文学史的学人不会同意，而且那些专攻中国古代文学史的学者们也会反对，因为中国现代文学史上溯至晚清，就有了二三十年的论争了，何况上溯到明末？记得二十世纪九十年代中国大陆史学界在一片"现代性"的鼓噪下，就论证了我国明朝政治和经济的巨大现代性元素，文学界跟进，指出生活在明代中叶的西门庆这个人物身上体现出的现代性元素。我担心这种诟病会不会出现在这本书的评价体系当中。然而，王德威先生们的理论依据是从何而来呢？

"《新编中国现代文学史》起自1635年晚明文人杨廷筠、耶稣会教士艾儒略（Giulio Aleni）等的'文学'新诠，止于当代作家韩松所幻想的2066年'火星照耀美国'。在这'漫长的现代'过程里，中国文学经历剧烈文化及政教变动，发展出极为丰富的内容与形式。借此，我们期望向（英语）世界读者呈现中国文学现代性之一端，同时反思目前文学史书写、阅读、教学的局限与可能。"就此，我们便可以看出此书作者如此开端的缘由了。之所以上溯至1635年的明末，是因为被称为中国天主教"三大柱石"的杨廷筠（此时杨廷筠已经去世八年）与那个重新绘制利玛窦的《万国全图》的意大利传教士艾儒略对文学的重新定义与封建正统的文学观念相左，融入了欧洲文艺复兴以后以人为本的文学理念。显然，这种追溯的真正目的是作者将中国现代文学的开端建立在世界格局的大框架中进行考察辨析。将华语文学置于世界文化与文学发展中，才是王德威先生最终的目的，因为在许多章节当中，他念念不忘的就是华语文学创作在海外的传播与研究，当然这也是为了突出现代性文化在中国的传播是始于明末。

　　也许这是受到了黄仁宇的《万历十五年》思维和方法的影响，王德威的历史分期虽然在中国大陆学者眼里有些标新立异，但是细细考察，这种分期法是有一定的内在学理性的，因为在马克思看来，"世界贸易和世界市场在十六世纪揭开了资本的近代生活史"。（《资本论》第1卷）欧洲资本主义的影响通过利玛窦和艾儒略这样一批传教士将资本主义的文化思想传播到中国，正好与明代中后期许多试图突破封建思想藩篱的"异端邪说"，如李贽与明末东林党人的一些新思想的传播相契合,形成了尔后史学界将中国最初的启蒙运动归于明末的新观念,其最有影响的当数侯外庐先生《中国思想通史》中的论断:"中国启蒙思想开始于十六、十七世纪之间,这正是'天崩地解'的时代。思想家们在这个时代富有'别开生面'的批判思想。"我不知道王德威先生是否也受了这种观念的影响。无论如何,持这种观念的学者之所以如此,一是能够从历史文化制度的缝隙中发现资本主义文化的启蒙元素,这本身就具有历史新发现的学术价值;二是基于学术研究的世界性视野与格局,将处于并不成熟的、萌芽状态下的启蒙运动也纳入中国现代文化的学术研究范畴内,其思想和方法都有先锋性的一面。我以为,王德威先生主要的考量是落在后者的。因为将中国现代文学的发生置于与世界文明进程的同步之中,应该是王德威先生的良苦用心,以文化启蒙为新旧文学变迁与划界的理论依据是有道理的,沿着这样的理路去破解这样的观念,我们就不难理解这种分期的大胆和怪异了。不过我还是要有所建议,倘若王德威先生是将这种萌动孕育中的启蒙元素,放在整个文学史的"绪论"当中作为"序曲"来处理,是不是更能让人理解和接受呢?

而将中国现当代文学史的下限止于科幻小说的虚拟时间的维度之上的做法,我自己却是不能苟同的。因为未来不是过去,它不能构成历史,这是一个常识性的问题,科幻作品中描写的场景即使在将来兑现,它也不能成为已经过往的"历史的时刻"。

但是,这些瑕疵无碍大局,王德威先生这些年一直标举的"世界中"的"华语语系"的主旨就是:"华语语系观点的介入是扩大中国现代文学范畴的尝试。华语语系所投射的地图空间不必与现存以国家地理为基础的'中国'相抵牾，而是力求增益它的丰富性和'世界'性。……'中国'文学地图如此庞大，不能仅以流放和离散概括其坐标点。因此'华语语系文学'论述代表又一次的理论尝试。华语语系文学泛指大陆以外，台湾、港澳'大中华'地区，南洋马来西亚、新加坡等国的华人社群，以及更广义的世界各地华裔或华语使用者的言说、书写总和。以往'海外中国文学'一词暗含内外主从之别，而'世界华文文学'又过于空疏笼统，并且两者都不免中央收编边陲、境外的影射。有鉴于此，华语语系文学力图从语言出发，探讨华语写作与中国主流话语合纵连横的庞杂体系。汉语是中国人的主要语言，也是华语语系文学的公分母。然而，中国文学里也包括非汉语的表述；汉语也不能排除其中的方言口语、因时因地制宜的现象。"

"更重要的是，有鉴于本书所横跨的时空领域，我提出华语语系文学的概念作为比较的视野。此处所定义的'华语语系'不限于中国大陆之外的华文文学，也不必与以国家定位的中国文学抵牾，而是可成为两者之外的另一介面。本书作者来自中国大陆、中国台湾、中国香港、日本、新加坡、马来西亚、澳洲、美国、加拿大、英国、德国、荷兰、瑞典等地，华裔与非华裔的跨族群身份间接说明了众声喧'华'的特色。我所要强调的是，过去两个世纪华人经验的复杂性和互动性是如此丰富，不应该为单一的政治地理所局限。有容乃大：唯有在更包容的格局里看待现代华语语系文学的源起和发展，才能以更广阔的视野对中国文学的现代性多所体会。"从上述观点，我们可以看出，王德威先生是一个十分推崇大中华文学的倡导者，在他的血脉里流淌着的是对中华文化的热爱。他是一个秉持着客观公允态度，并且有着中华情结的历史叙述者，为再造中国文学而贡献一生的学人。用他自己的话来说，就是："中国现代文学是全球现代性论述和实践的一部分，对全球现代性我们可以持不同批判立场，但必须正视其来龙去脉，这是《新编中国现代文学史》的编撰立论基础。首先，文学现代性的流动是通过旅行实现。所谓'旅行'指的不仅是时空中主体的移动迁徙，也是概念、情感和技术的传递嬗变。本书超过一半的篇幅都直接间接触及旅行和跨国、跨文化现象，阐释'世界中'的中国文学不同层次的意义。"

将现代性切为近代、现代与当代三个时段的史观来对四百年的中国文学的现代性进行重构，其意义何在？我想这是作者试图把整个现代性进程的历史路径展示给我们看，尤其是在其萌动期的状态是如何呈现的，由此而在历史的环链中找到作家作品的位置，这当然是值得注意的历史问题。而我们更关心的却是现代性产生过程中的许许多多至今尚不能解决的问题和症结所在，这种困惑才是我们共同急切关心的真问题，所以，王德威的诘问才有了更加深刻的现实意义："《新编中国现代文学史》企图讨论如下问题：在现代中国的语境里，现代性是如何表现的？现代性是一个外来的概念和经验，因而仅仅是跨文化和翻译交汇的产物，还是本土因应内里和外来刺激而生的自我更新的能量？西方现代性的定义往往与'原创''时新''反传统''突破'这些概念挂钩，但在中国语境里，这样的定义可否因应'脱胎换骨''托古改制'等固有观念，而发展出不同的诠释维度？最后，我们也必须思考中国现代经验在何种程度上，促进或改变了全球现代性的传播？"毋庸讳言，由于王德威先生对中国文化，尤其是共和国文学情势的熟谙，对几十年来的各种思潮对文学史的影响了如指掌，他想还原历史的真貌，所以，为了让中国现当代文学史进入正常的学术研究轨道，还是中肯地提出了自己的看法："近几十年我们越来越明白如下的悖论：许多言必称'现代'的作家，不论左右，未必真那么具有现代意识，而貌似'保守'的作家却往往把握了前卫或摩登的要义，做出与众不同的发明。张爱玲（1920—1995）在二十世纪末进入经典，不仅说明'上海摩登'卷土重来，也指出后现代之类颓废美学竟然早有轨迹可寻。陈寅恪曾被誉为现代中国最有才华的史学家，晚年却转向文学，以《论再生缘》和《柳如是别传》构建了一套庞大暗码系统，留予后世解读。论'隐微写作'（esoteric writing），陈寅恪其人其文可为滥觞之一。就此我们乃知，当'现代'甚至'当代'已经渐行渐远，成为历史分期的一部分，所谓传统不能再被视为时空切割的对立面；相反的，传统是时空绵延涌动的过程，总已包含无数创新、反创新和不创新的现象及其结果。"好一个"卷土重来"，好一个"隐微写作"，以我之浅见，王德威所要表达的观点则是：现代性才是衡量一个作家价值观的标准，他们与文学史的构成关系是靠着自己的才华和现代性价值理念发生，以此为文学创作的资本而融入"世界中"的。张爱玲的"上海摩登"自不必说，而陈寅恪《柳如是别传》

的"隐微写作"却是叩开了那扇文学如何影射通往现实世界的大门,让我们望见了陈寅恪"软性"创作彼岸的风景所在。

王德威先生一直强调这部文学史的"文",用我们通常的理解,那就是"文体",讲究多文体介入文学史,当然可以大大地丰富文学史的内涵,这种做法在国内有些中国现当代文学史当中亦有呈现,但是像他们这样大规模、集成化的植入,却是不多见的。"目前中国现代文学的文类范畴多集中于小说、诗歌、戏剧、散文、报道文学等。《新编中国现代文学史》尊重这些文类的历史定位,但也力图打开格局,思考各种'文'的尝试,为文学现代性带来特色。因此,除了传统文类,本书也涉及'文'在广义人文领域的呈现,如书信、随笔、日记、政论、演讲、教科书、民间戏剧、传统戏曲、少数民族歌谣、电影、流行歌曲,甚至有连环漫画、音乐歌舞剧等。本书末尾部分更触及网络漫画和网络文学。"其"文"的考量则是"为文学现代性带来特色",这一点我倒是觉得有点牵强,如果说是进一步丰富和拓展了更有趣味性的文类,增加了全书的生动性,还是说得过去的。但是,任何文体都可以有现代性元素与符码的文本可供选择,比如一幅照片,一个器物,都有可能带有那个时代的先锋性和现代性,如此一来,这部著作在数量上的叠加便会十分可观,变成了一个无穷无尽的无边的现代性了。

"其次,本书对'文学'的定义不再根据制式说法,所包罗的多样文本和现象也可能引人侧目。各篇文章对文类、题材、媒介的处理更是五花八门,从晚清画报到当代网络游戏,从革命启蒙到鸳鸯蝴蝶,从伟人讲话到狱中书简,从红色经典到离散叙事,不一而足。不仅如此,撰文者的风格也各有特色。按照编辑体例,每篇文字都从特定时间、文本、器物、事件展开,然后'自行其是'。夹议夹叙者有之,现身说法者有之,甚至虚构情景者亦有之。这与我们所熟悉的制式文学史叙述大相径庭。"如果我的理解不错的话,那么王德威先生所说的"制式"便是"体例",也就是说主编放权给各个章节的撰写者,充分发挥他们在阐释文学史时的想象,将自由叙述的空间放大至极致,这一点是我们的文学史绝对做不到的,因为我还没有看到中文版的《新编中国现代文学史》,我无法想象的是"夹议夹叙者有之,现身说法者有之,甚至虚构情景者亦有之"是一个什么样的文学史书写样态。如果说夹议夹叙我们还能理解;那么"现身说法者"必定是参与过文学史进程的作者自己的故事,如此一来,这就带有了"散文随笔"的文体的色彩了;最让人讶异的是"虚构情景者",此乃小说笔法,我实难想象这样的文体样态的嵌入,会对文学史的构成起着什么样的作用。毫无疑问,这种大胆的尝试,也许会给读者带来极大的阅读兴趣,像《万历十五年》那样引人注目,但它是否能够成为一部信史,可能尚需历史的检验;一切以中文版中的表述为准,那时也许会让我们的治史观得到颠覆性的改变。因为王德威先生对此的解释的确是让我怦然心动的:"众所周知,一般文学史不论立场,行文率皆以史笔自居。本书无意唐突这一典范的重要性——它的存在诚为这本《新编中国现代文学史》的基石。但我以为除此之外,也不妨考虑'文学'史之所以异于其他学科历史的特色。我们应该重新彰显文学史内蕴的'文学性'：文学史书写应该像所关注的文学作品一样，具有文本的自觉。但我所谓的'文学性'不必局限于审美形式而已；什么是文学、什么不是文学的判断或欣赏，本身就是历史的产物，必须不断被凸显和检视。唯此，《新编中国现代文学史》的作者们以不同风格处理文本内外现象，力求实践'文学性'，就是一种意识的'书写'历史姿态。"文学史的撰写也强调其"文学性"的"书写"，这样的理念打破了国内文学史干巴巴的、程式化的编写模式，用生动的语言进行"再创作"，跳出枯燥灰色抽象的理论思维的藩篱，用鲜活生动形象的感性思维去叩响文学史那扇沉重的审美大门，固然是十分有意味的形式探索，然而它能否获得人们的认同呢？可能尚得经过多次历史的验证，我也说不准它的生命力会有几何。但是，我却坚信文学史的写作不能墨守成规，用鲜活的文学语言去阐释学术问题，应该成为文学史书写的题中之义。

  无疑，王德威先生主编的这部文学史是有着许许多多的亮点的，最重要的是对国内已有的几千部中国现当代文学史构成了一种挑战，从思想到内容，都有许多值得我们参照和深思之处，从中我们肯定会大为受益的，因为他的编写思路的开阔和另辟蹊径，是让我们在反思大陆几十年来编写中国现当代文学史时受到很大启迪的，因为我们缺乏的正是让中国现当代文学史回到"世界中"的跨文化传播的视野："因此《新编中国现代文学史》不刻意敷衍民族国家叙事线索，反而强调清末到当代种种跨国族、文化、政治和语言的交流网络。本书半数以上文章都触及域外经验，自有其论述动机。从翻译到旅行，从留学到流亡，现当代中国作家不断在跨界的过程中汲取他者刺激，反思一己定位。基于同样理由，我们对中国境内少数民族以汉语或非汉语创作的成果也给予相当关注。"

当然，王德威先生所提出的许多尖锐问题也是值得我们思考的，在我们的编写史中有着禁忌的话题，我们不能说出，但是，作为海外学者，他们有发言的便利，作为学术的讨论，我们也不妨作为一种参照："《新编中国现代文学史》也希望对现代中国'文学史'作为人文学科的建制做出反思……牢牢守住了'文'（以载道）的传统。新中国持续深化'文'的概念不仅得见于日常生活中，也得见于社会、国家运动中。因此产生的论述和实践就不再仅视文学为世界的虚构重现，而视其为国家大业的有机连锁。"显然，这里所指的"文"就不是文体形式的问题了，而是指意识形态的问题，如果我们闭目塞听，永远绕开这个话题，那我们的文学史就永远是残缺的，也是禁不住历史的检验的。总而言之，一部当代文学史是难以与意识形态脱钩的，如果一味地回避，就会像安泰拔着自己的头发上天一样荒唐。

尽管王德威先生的有些文学史理念我们早就意识到了，但是我们不一定就能够实施，也只能眼巴巴地看着王德威在他自己的文学史著作中体现了："归根结底，本书最关心的是如何将中国传统'文'和'史'——或狭义的'诗史'——的对话关系重新呈现。通过重点题材的配置和弹性风格的处理，我希望所展现的中国文学现象犹如星罗棋布，一方面闪烁着特别的历史时刻和文学奇才，一方面又形成可以识别的星象坐标,从而让文学、历史的关联性彰显出来。"这将是一部什么样的文学史鸿篇巨制呢?我们拭目以待!

文章本应该打住了,但是,还有一个不得不说的学术问题需要赘述几句,因为王德威在他的这篇文章中也谈及了在中国现代文学界流传甚广的夏志清的现代文学史著述:"《中国现代小说史》出版于1961年,迄今为止仍然是英语世界最有影响力的现代中国文学史专书。尽管该书遭受'左'派阵营批评,谓之提倡冷战思维、西方自由派人道主义以及新批评,因而成为反面教材,但它'濯去旧见,以来新意'的作用却是不能忽略的事实。将近一甲子后的今天,夏志清对'情迷中国'的批判依然铿锵有声,但其含意已有改变,引人深思。在大陆,作家和读者将他们的'情迷'转化成复杂动机,对中国从狂热到讥诮,从梦想到冷漠,不一而足。而在中国台湾地区,台独分子憎恶一切和祖国有关的事物成为一种流行,仿佛不如此就成为时代落伍者——却因此吊诡地,重演'情迷中国'的原始症候群。"无疑,从二十世纪八十年代开始,当此书尚在坊间地下流行的时候,我们就从复印本中汲取了它的学术营养,它为几代从事中国现代文学史研究的学人打开了一扇看世界的窗户,尽管它有着这样和那样的缺点,但是,它至今仍然不失为一部严谨的学术著述,你尽可以从学术和学理层面去进行商榷,甚至批判,但千万不可再借助意识形态的棍子将其置于死地,我们欢迎那种指出此著中许多硬伤的做法,那是提倡学术严谨的好事情,比如指出史实上的错讹,甚至用词造句上的错误,这都是正常的学术批评范畴内的指谬。然而,若是用意识形态的标准来衡量学术著作和学术观点,就脱离了正常的学术批评的轨道。正如王德威先生所言,夏志清这样一批海外学者的"中国情结"还是十分重的,他们对中国文化与文学的传播,皆是为中国现代文学进入"世界中"所做的不懈努力,我们千万不可做那种亲者痛的事情。让这些"情迷中国"学者的学术思想在大陆本土的传播也占有一席之地吧!

就在前几天,王德威先生在中国人民大学的演讲最后还呼吁:"扩充我们对华语世界的憧憬!"这个憧憬只能靠一批从事华语语系的汉学家来完成吗?大陆本土的学者的位置在哪里呢?如果我们自己都不做这样的工作,还要去诟病"闯入者"的他者的学术努力,我们还能对得起中国现当代文学史的研究吗?我们自己可以禁锢自己的治学,我们有什么理由和权利去阻止一批人热衷于从事对中国大陆与海外华语语系文学的研究呢?

学术是开放的。让历史作出最终的评判和裁决吧。

原载《南方文坛》2017 年第 5 期